世界三极之霄旅

北极仙山

南极冰川

墨西哥羽蛇神金字塔

萨尔瓦多的玛雅人家园遗址

巴布亚新几内亚哈根文化节

纽埃蓝洞

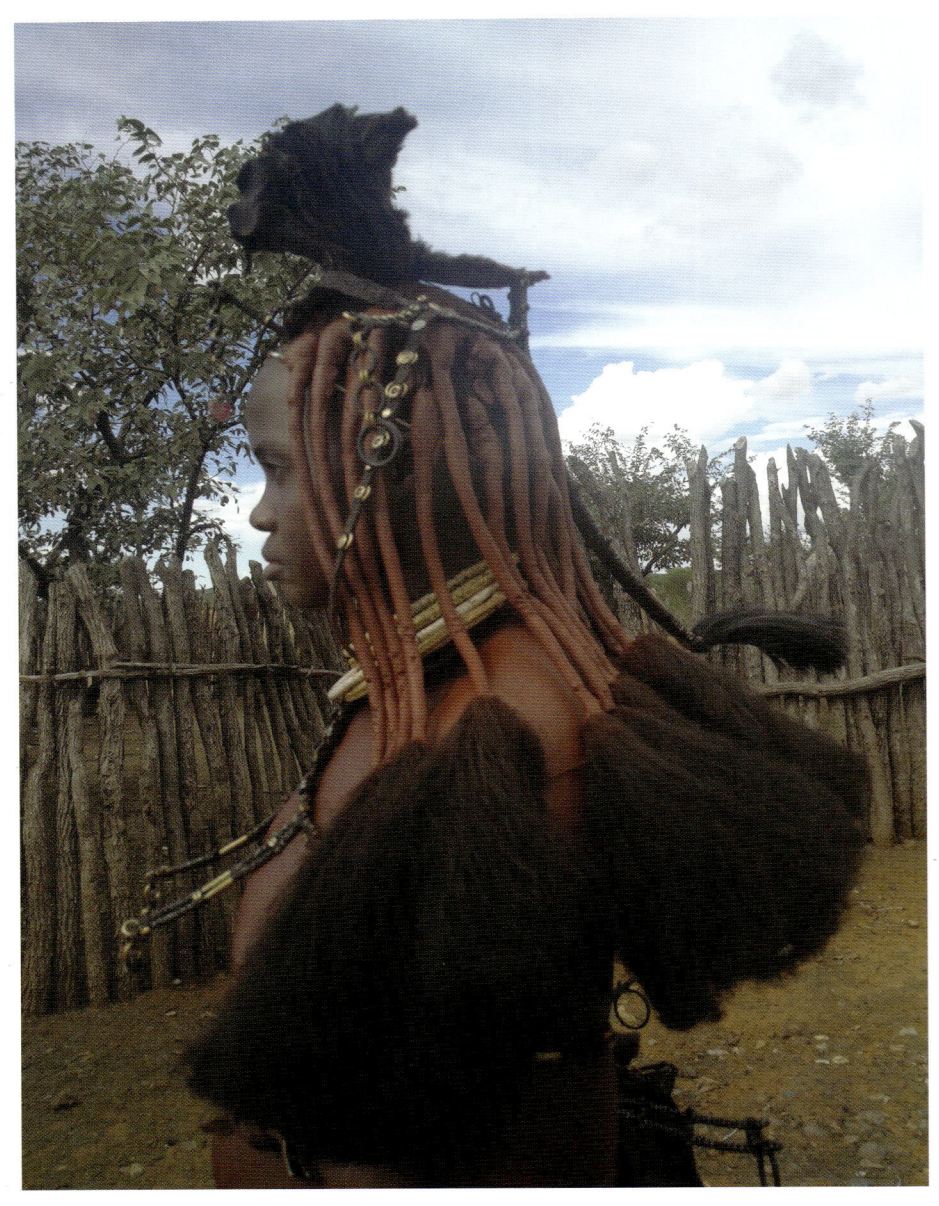

非洲红泥人

非洲"袖珍人"

秘鲁马丘比丘遗址

玻利维亚的乌尤尼盐湖

黑山科托尔古城

马耳他风光

也门龙血树

伊朗波斯波利斯古城

不丹龙穴寺

中华诗词丛稿

萧宜美 著

采诗天下

師之題

中国书籍出版社
China Book Press

图书在版编目（CIP）数据

采诗天下 / 萧宜美著. －－北京：中国书籍出版社，2022.7

ISBN 978-7-5068-8944-5

Ⅰ.①采… Ⅱ.①萧… Ⅲ.①诗集－中国－当代 Ⅳ.①I227

中国版本图书馆CIP数据核字(2022)第037914号

采诗天下

萧宜美 著

责任编辑	朱 琳
责任印制	孙马飞 马 芝
封面设计	东方美迪
出版发行	中国书籍出版社
地 址	北京市丰台区三路居路97号（邮编：100073）
电 话	（010）52257143（总编室） （010）52257140（发行部）
电子邮箱	eo@chinabp.com.cn
经 销	全国新华书店
印 刷	三河市顺兴印务有限公司
开 本	889毫米×1194毫米 1/32
字 数	303千字
印 张	14.625
版 次	2022年7月第1版 2022年7月第1次印刷
书 号	ISBN 978-7-5068-8944-5
定 价	76.00元

版权所有 翻印必究

百邦景引流连步　万象缘勾探索心

（自序）

记录旅游无非三种形式，一是摄影，二是讲述，三是文字。文字中包含游记、日记、诗词等，触景生情而留下诗词的也有不少，但把整个旅游过程都用诗词表达的，我算是一位实践者，称之为诗记。回首往事，在小学五年级时，教语文的李老师爱写诗，深刻地影响了我，使我成为喜欢写诗的少年，初中时已在福建《闽东报》上发表过诗文。没想到的是，这一爱好居然陪伴着我的人生。几十年来，欣赏山水风光以及史迹景观，印象深刻的，往往都会触动诗的灵感，用诗的形式再现之，整理保存，有的发表，更多的是通过现代媒体公开发布。对我来说，这种诗与远方的结合，是顺理成章的事情。特别是在老年时代，竟然用旧体诗词，写遍全世界，成为一名诗与远方的使者。正是：妙悟归心分彩墨，奇观励志共鲜虹！

余生如何度过，爱好旅游的我，根据自己的条件，确定了一个目标，由三个部分组成：一是到达世界三极，即南极、北极和珠峰。二是继续走遍当今世界 230 多个国家和地区。三是根据周游的成果，出版《采诗天下》诗集。似水流年，进展不错，本来预定2020年完成目标，但是新冠疫情袭来，计划被打乱了。目标的第一部分基本完成，去过南极地区、北极极点，到达珠峰大本营。目标第二部分尚未完成，尚有30多个国家和地区没走完。目标的第三部分，就是这本诗集。它是我采诗天下，到过的200多个国家和地区之咏叹，选诗781首。另附有一篇世界最难达到的地区之一游记：《皮特凯恩岛游记》。

  作为地道的山里人，十八岁前我只到过四个县城。即故乡周宁县城；随父母移居至政和县城；参加高考的松溪县城；还有因为招收飞行员体检的福安县城。正是这位没有见过世面的山里人，好像对旅游特别有兴趣。记得那是1965年8月的一天，我怀揣大学录取通知书，坐班车来到福建南平火车站，准备乘车前往学校报到。此时，我才见到"传说"中的火车。此前没有见过火车，更没有坐过火车。那绿色的车皮，整洁的车厢，我坐在其中，心花怒放。第二天早晨，当火车停留在杭州时，我居然下车。在车站寄存了行李，跑到西湖边，又花了几元钱，坐上一行6人的小木船，逛了大半天。似乎身上存在着一种旅游动因，其结果就是古稀之年，我走遍了世界，一个不敢想象的梦想终于实现了。

　　在诗词形式上，我以为各取所爱，各展其才，各探其精，各扬其长，才能促进诗的繁荣。我写过新诗，后改写格律诗，那种感觉就像闻一多先生所说的是带着镣铐跳舞，别有一番滋味。现代生活节奏越来越快，要求文艺形式与之相适应，短小精干的七绝、七律就是一种比较好的文艺载体，也是本诗集的主要形式。本诗集用韵，主要依据平水韵，如果在阅读中有不符合平水韵的少数，那一定符合新声韵，没有特意标出。我用两韵写作，灵活运用，形式服从内容和诗意，但绝不混用。如果个别字句有欠妥，那是本人审核疏忽所致，也请谅解。

　　诗词内容，主要是多年来，我经历过的世界各地的自然风光、文化遗产，以及当地的风土人情等等。实际上在世界各地旅游中，看到的景观很多，但能触发诗的灵感的只是一部分。从诗集中，可以看出所到地方的"产出"不平衡，有的多有的少。那是跟去过的次数、逗留时间、心情、灵感有关，遇到好景写不出诗作的情况也有出现，只是无奈。但可以肯定地说，诗集展现了这些国家和地区的著名风光。诗集中也包括了一小部分以往诗集的作品，有的做了调整和修改。创作不能是无米之炊，写诗的灵感来源于生活，来源于经历，来源于实践。我作为一个旅游爱好者，过去的十几年里，大洲大洋都留下了足迹。跋涉南、北极、珠峰大本营的冰雪，探访非洲栖身沙漠树丛的原始部落，泛舟南美的热带丛林，惶恐地观望南太平洋海岛的活火山等等，留下了诗的感叹。在埃及的金字塔下，在柬埔寨的吴哥窟里，在印度的泰姬陵中，在希腊神殿的残柱边，在墨西哥的玛雅塔上，在秘鲁的古遗址前，我不能不为世界文明的精粹而放歌。而这"歌"则是由源远流长的中华诗词构成的，我称之为"天下诗"，倍感自豪！

诗集中涉及的世界三极、国家及地区，都是我个人旅游目标的概念，不涉及其他。周游世界的旅游目标，目前有几种说法，不必求同，也不必排斥，在旅途上人各有志，但国家和地区是基础。基于此，本诗集中关于洲际、国家地区的顺序，按中国地图出版社2019年1月修订版排列。

余年勤画黄昏景，自我辉煌亦醉人！一位老年人跑遍世界，首先是感恩祖国的日益强大，给我无比的自信和豪情。其次是感念夫人吕爱勤以及子女、孙辈等亲人的理解、信任和支持，这是最持久的动力之源。诗云："天地中心是我家"，周游中我发现了天地的中心点居然是我家。无论在五洲百国，还是在南极北极，感觉的结论都一样。因为有了这个中心点，我才享受着真正意义上的旅游。没有这个中心点，那不叫旅游，叫作漂泊。再次是感遇有一批志向相同的互相鼓励、互相帮助的旅友，这种分分聚聚的不同组合，极具战斗力；第四是感谢敢于走向世界的旅游中介，自由行以外，既具开拓性又有可行性的行程安排至关重要。

多年来，《中华诗词》《诗刊》发表了200多首我的国内外游诗，《中华诗词》的"吟坛百家"、《诗刊》的"本期聚焦"都做了专栏介绍。《扬子江诗词》《苏州日报》也多次发表我的游诗、游记。《今日头条》有我的诗词发布平台，苏州诗协、沧浪诗社主办的《沧浪风雅》以《吴门骚客萧宜美》为题发布专栏文章，旅游网站《走吧网》则以《走过202个国家和地区后，他成为"诗和远方"的使者》为题发布问答式专访。这次中国书籍出版社又决定出版我的"天下诗"集，极受鼓舞和鞭策。诗词界著名的诗词家、诗论家，以及老中青诗友给予我极大的支持。诗词大家杨金亭老师在鼓励我的七绝诗中写道："南极企鹅北极熊，五洲风物梦葱茏。君诗独绝冠千古，美在放洋航海中。"已故著名诗论家、诗人赵京战先生曾在《中华诗词》上发表了"采来佳句记游踪"的专论；著名诗人杨逸明先生则在《诗刊》上发表了"人间奇境几回寻，已醉诗心志未休"的诗评；著名诗论家吴企明教授、孙琴安研究员等都对我的"天下诗"发表过长篇评论。本诗集的出版过程中，著名诗人高昌先生给予了关注和指导，著名诗词家、书法家赵安民（师之）先生题写了书名。这些都是我写诗的动力，也是我提高诗作水平的压力。铭记在心，感激于怀！

萧宜美

2021 年 11 月 22 日改稿

2021 年 12 月 11 日定稿

于苏州工业园区金鸡湖畔

目 录

百邦景引流连步　万象缘勾探索心（自序） ………… 1

第一辑　采诗天下之周游感赋 ……………… 1

天下周游感赋 ……………… 2
致旅友 ……………… 2
遨游天下者歌 ……………… 3
满江红·周游天下者江城小聚有寄 ……………… 3
元旦抒怀 ……………… 4
旅程畅想曲（二首） ……………… 4
新年愿景 ……………… 5
世界杯观后 ……………… 5
百国游记 ……………… 5
大洋边晨练 ……………… 6
自题诗三首 ……………… 6
世界奇迹游记 ……………… 7
世界三大瀑布感赋 ……………… 8
泳　趣 ……………… 8

第二辑　采诗天下之世界三极 ……… 9

 世界三极感赋 ……………………………… 10

 南极 …………………………………………… 10

  南极诗记 ………………………………… 10

  过德雷克海峡（三首） ………………… 11

  初会南极 ………………………………… 12

  无　憾 …………………………………… 12

  南极思绪 ………………………………… 12

  甲板望远 ………………………………… 13

  题冰崖天作 ……………………………… 13

  登岛山 …………………………………… 13

  黄昏观景（二首） ……………………… 14

  金图企鹅素描 …………………………… 14

  企鹅孵蛋即景 …………………………… 14

  贼　鸥 …………………………………… 15

  象海豹 …………………………………… 15

  鲸　鱼 …………………………………… 15

  穿越冰山群 ……………………………… 16

  冰　峰 …………………………………… 16

  冰　凌 …………………………………… 16

  冰　崖 …………………………………… 17

  冰　洞 …………………………………… 17

  南极小博物馆有寄 ……………………… 17

中国产小企鹅 ……	18
手机多日无信号感作 ……	18
题五老南极照 ……	18
与张先生诸旅友南极同乐（三首） ……	19
赠导游小倪 ……	19
孙女孙子生日南极即兴（三首） ……	20

北极 …… 21

北极极点感赋 ……	21
北极小花赞 ……	21
乘原子能破冰船北极游偶成 ……	22
乘直升机鸟瞰记 ……	22
北极乘热气球即景 ……	22
甲板晚宴 ……	23
北极熊 ……	23
海象素描 ……	23
北极海雀舞台留句 ……	24
燕鸥礼赞 ……	24
北极"大地" ……	24
极昼拾句 ……	25
无夜却有梦 ……	25
极点素描 ……	25
极点派对 ……	26
极点思绪（四首） ……	26

致极地科学家（外一首） ········· 27
　　致极地探险家 ················· 27
珠峰 ··························· 28
　　尼泊尔乘小飞机观赏珠峰诗记 ····· 28
　　念奴娇·珠峰大本营游记（平韵格）··· 28
　　珠峰组歌（十首） ··············· 29

第三辑　采诗天下之亚洲篇 ········· 33
朝鲜 ··························· 34
　　流连鸭绿江畔 ················· 34
　　印象篇（二首） ················· 34
韩国 ··························· 35
　　偶　成 ······················· 35
　　济州岛思绪 ··················· 35
　　板门店凝望 ··················· 35
蒙古 ··························· 36
　　沙漠小镇偶成 ················· 36
　　游　酣 ······················· 36
日本 ··························· 37
　　东京奥运会诗记（外一首） ······· 37
　　写在东京奥运结束之夜 ········· 37
　　周总理诗碑 ··················· 38

京都留句 …………………………………… 38
　　富士山（二首）…………………………… 39

越南 …………………………………………… 39
　　胡志明小楼 ………………………………… 39
　　闹市街景 …………………………………… 40
　　下龙湾 ……………………………………… 40

老挝 …………………………………………… 41
　　万　象 ……………………………………… 41
　　塔銮（二首）……………………………… 41
　　山湖枯木林 ………………………………… 42

柬埔寨 ………………………………………… 43
　　机场感言 …………………………………… 43
　　吴哥王城（二首）………………………… 43
　　吴哥窟感叹（三首）……………………… 44
　　吊脚楼 ……………………………………… 45
　　吴哥悲剧 …………………………………… 45

缅甸 …………………………………………… 46
　　仰光瑞德贡金塔 …………………………… 46
　　蒲甘古佛国遗址（外一首）……………… 46
　　蒲甘佛塔群 ………………………………… 47
　　中缅友谊纪念塔 …………………………… 47

泰国 …………………………………………………… 48
 游桂河 ………………………………………………… 48
 桂河大桥 ……………………………………………… 48
 泛舟湄南河 …………………………………………… 49
 湄南河边戏鱼 ………………………………………… 49
 游船夜餐 ……………………………………………… 49
 金沙岛海底漫步 ……………………………………… 50

马来西亚 ………………………………………………… 50
 双子楼 ………………………………………………… 50
 橡胶林 ………………………………………………… 51
 沙巴岛游记（四首） ………………………………… 51

文莱 ……………………………………………………… 52
 文莱游记（外一首） ………………………………… 52
 帝国酒店 ……………………………………………… 52

新加坡 …………………………………………………… 53
 新加坡鱼尾狮 ………………………………………… 53
 取　经 ………………………………………………… 53
 写在第六次中新理事会召开之际 …………………… 54
 又赴星洲 ……………………………………………… 54
 送新加坡友人离任 …………………………………… 55

印度尼西亚 ……………………………………………… 55
 重游巴厘岛偶成 ……………………………………… 55

巴厘岛（三首） ……………………… 56
　　爪哇海（二首） ……………………… 56
　　印尼万隆会议遗址 …………………… 57
　　万隆回首 ……………………………… 57
　　万隆火山 ……………………………… 58

东帝汶 …………………………………… 58
　　东帝汶印象 …………………………… 58
　　耶稣山 ………………………………… 59
　　茅碧斯小镇登高俯瞰 ………………… 59

菲律宾 …………………………………… 60
　　国父广场偶成 ………………………… 60
　　大雅活火山 …………………………… 61
　　大洋垂钓 ……………………………… 61
　　风帆送夕阳 …………………………… 61
　　沙滩夜浪 ……………………………… 62
　　弄　潮 ………………………………… 62

印度 ……………………………………… 63
　　泰姬陵（外三首） …………………… 63
　　绝　唱 ………………………………… 63
　　绝　望 ………………………………… 64
　　泰姬陵之夜 …………………………… 64
　　圣雄甘地墓 …………………………… 64

斋蒲尔古堡记	65
街头见闻	65
软件公司参观记	66
无　题	66

尼泊尔 … 66

鸟瞰喜马拉雅山脉（二首）	66
原始森林漂流	67
荡舟费蛙湖	67
骑象逛密林深处	68
加德满都老皇宫游记	68
小镇风情	68

不丹 … 69

序　曲	69
春　雪	69
不丹偶成	70
廷布印象	70
普那卡宗	70
虎穴寺	71
不丹感赋	72

斯里兰卡 … 72

| 海边小镇 | 72 |
| 绝　钓 | 73 |

马尔代夫 ································ 74
　　小岛素描 ······························ 74
　　天堂岛（外一首）···················· 74
　　再忆天堂岛 ··························· 74
　　白沙滩 ································ 75

中亚 ···································· 75
　　中亚无题曲 ··························· 75
　　古丝绸之路歌 ························ 76
　　取经之路 ······························ 77

哈萨克斯坦 ···························· 77
　　奥特拉尔古城遗址感叹 ·············· 77
　　泰姆格里岩刻观后 ···················· 78
　　远望偶成 ······························ 79

乌兹别克斯坦 ························· 79
　　希瓦古城之黄昏 ······················ 79
　　布拉哈古城 ··························· 80
　　丙申中秋偶成 ························ 80

土库曼斯坦 ···························· 81
　　古默伏遗址落日即景 ················· 81
　　汗血宝马 ······························ 81
　　地狱之门 ······························ 82

吉尔吉斯斯坦 ·············· 83
  伊塞克湖放歌 ············· 83
  夜宿伊塞克湖畔 ············ 84
  伊塞克湖晨景 ············· 84
  伊塞克湖畔 ·············· 85
  李白出生地碎叶城遗址怀古 ······ 85
  碎叶城遗址偶成 ············ 86

塔吉克斯坦 ·············· 86
  苦盏街头晚餐 ············· 86

伊朗 ················· 87
  诗乡设拉子偶成 ············ 87
  粉红清真寺即景 ············ 87
  乔赞比尔金字塔游记 ·········· 88
  伊朗大诗人哈菲兹陵园祭词 ······ 88
  波斯波利斯古城感叹 ·········· 89
  西域中秋留句 ············· 90
  感慨 ·················· 90

格鲁吉亚 ··············· 91
  斯大林塑像被迁移后的遗址留句 ···· 91
  斯大林故居感怀 ············ 91
  山巅偶成 ··············· 92
  烟雨古镇游 ·············· 92

阿塞拜疆 ·············· 93
巴库印象 ·············· 93
微型图书博物馆 ·············· 93
旅友庆生日有寄 ·············· 94

亚美尼亚 ·············· 95
古人居住地 ·············· 95
访塞凡湖古教堂遭雷阵雨游记（二首）·············· 95
高加索回首 ·············· 96

科威特 ·············· 96
科威特塔 ·············· 96
木船酒店 ·············· 97
海港鱼市 ·············· 97

沙特阿拉伯 ·············· 98
沙特大沙漠千里夜行记 ·············· 98
大漠石头城感赋 ·············· 98
石头城偶成 ·············· 99
红沙漠 ·············· 100

巴林 ·············· 100
巴林城堡 ·············· 100
巴林一棵树 ·············· 101
参观骆驼园 ·············· 101

卡塔尔 ·················· 102
  多哈印象 ················ 102
  卡塔拉文化村之鸽子塔 ······· 102
  多哥机场见闻 ············· 103

阿联酋 ·················· 103
  迪拜帆船酒店 ············· 103
  迪拜塔 ················· 104

阿曼 ··················· 104
  瓦西柏沙漠冲沙 ············ 104
  沙漠落日 ················ 105
  沙漠深处夜宿 ············· 105
  阿曼山村有记 ············· 105
  野餐奇遇 ················ 106

也门 ··················· 106
  萨那古城 ················ 106
  飞越亚丁湾 ·············· 107
  亚丁湾晨望 ·············· 107
  亚丁湾夜思 ·············· 108
  也门龙血树 ·············· 108
  龙血岛山头素描 ············ 108

黎巴嫩 ·················· 109
  鸽子岩 ················· 109

巨石吟 ·· 109

约旦
佩特拉古城 ······································· 110

塞浦路斯
一万年前的猫头石雕观赏记 ················ 111

以色列、巴勒斯坦
无 题 ··· 111
加利利海 ··· 112
加利利湖泛舟望戈兰高地有寄 ············· 112
死海漂浮记（三首） ·························· 113
世界海拔最低咖啡馆 ·························· 113
从约旦过以色列边关留句 ···················· 114
哭 墙 ··· 114
路过巴勒斯坦领土留叹 ······················· 115

土耳其
伊思坦布尔大桥 ································ 115
游博斯普鲁斯海峡（二首） ················· 116
老皇宫 ·· 116
新皇宫 ·· 117

第四辑 采诗天下之欧洲篇 ·············· 119
巴尔干回首 ······································ 120

东欧行 ·· 120
　　欧洲杯决赛欣赏记 ································ 120

挪威 ·· 121
　　挪威印象 ·· 121
　　生命彩塑公园 ······································ 121
　　松恩峡湾船游记 ··································· 122
　　鸟瞰卑尔根（外一首） ······················· 122
　　渔人码头夜餐记 ··································· 123

瑞典 ·· 123
　　斯德哥尔摩夜景 ··································· 123
　　诺贝尔颁奖晚宴大厅参观记 ················ 124

芬兰 ·· 124
　　北极圈漫步（二首） ··························· 124
　　夜渡波罗的海峡 ··································· 125
　　圣诞老人村 ·· 125
　　邮寄心愿 ·· 125
　　遭遇黑蚊 ·· 126
　　奥鲁白昼 ·· 126

冰岛 ·· 127
　　初会冰岛 ·· 127
　　冰岛如名 ·· 127
　　地热喷泉 ·· 128

黄金瀑布 ………………………… 128
　　蓝　湖 …………………………… 129
　　议会遗址 ………………………… 129
　　欧洲美洲断裂带 ………………… 130

丹麦 ………………………………… 130
　　安徒生雕像前的追思 …………… 130
　　美人鱼 …………………………… 131

爱沙尼亚 …………………………… 131
　　塔林印象 ………………………… 131
　　露天音乐会场 …………………… 132
　　奥林匹克港湾 …………………… 132

拉脱维亚 …………………………… 133
　　里加老城 ………………………… 133
　　傍晚高楼眺望里加城 …………… 133
　　松林民居博物馆 ………………… 134

立陶宛 ……………………………… 134
　　维尔纽斯老城 …………………… 134
　　异国婚礼即景 …………………… 135
　　十字架山 ………………………… 135
　　特拉盖水上古堡 ………………… 136

白俄罗斯 …………………………… 136
　　明斯克独立大街 ………………… 136

米尔城堡留句 …………………………… 137
　　泪　岛 ………………………………… 137
　　农庄风味 ……………………………… 138
　　松海野趣 ……………………………… 138
　　路过村野拍照旧风车偶成 …………… 138

乌克兰 …………………………………… 139
　　基辅印象 ……………………………… 139
　　选战即景 ……………………………… 139
　　切尔诺贝利核电站二十周年祭 ……… 140
　　基辅卫国战争纪念馆母亲雕像感赋 … 140
　　战争纪念馆门前即景 ………………… 141
　　奥斯特洛夫斯基纪念馆感赋 ………… 141

摩尔多瓦 ………………………………… 142
　　地下酒城 ……………………………… 142

俄罗斯 …………………………………… 143
　　军港流连 ……………………………… 143
　　克里姆林宫 …………………………… 143
　　红　场 ………………………………… 144
　　红场秋雨 ……………………………… 144
　　红场无名烈士墓 ……………………… 144
　　瞻仰列宁遗容 ………………………… 145
　　海参崴一广场即景 …………………… 145

阿芙乐尔号巡洋舰 ………………………… 146

赫鲁晓夫黑白墓碑观感 …………………… 146

雪夜离开莫斯科 …………………………… 147

德国 ……………………………………… 147

访马克思故居 ……………………………… 147

马克思恩格斯广场马恩塑像感赋 ………… 148

贝多芬故居观后感 ………………………… 148

莱茵河轮渡 ………………………………… 149

波兰 ……………………………………… 149

肖邦塑像前留句（外一首） ……………… 149

肖邦心碑 …………………………………… 150

在哥白尼故乡喜闻"神六"归来偶成 …… 150

居里夫人故居 ……………………………… 151

捷克 ……………………………………… 151

布拉格查里大桥重游记 …………………… 151

布拉格古城 ………………………………… 152

秋之春 ……………………………………… 152

卡罗维瓦利小城 …………………………… 153

斯洛伐克 ………………………………… 153

多布希纳冰洞 ……………………………… 153

霰洞 ………………………………………… 154

田野 ………………………………………… 155

塔特拉山即景 ·················· 155

匈牙利 ·················· 156
　　裴多菲雕像前感赋 ·················· 156
　　蓝色多瑙河追寻 ·················· 156
　　多瑙河月夜泛舟 ·················· 157
　　小镇风光 ·················· 157

罗马尼亚 ·················· 158
　　黑海海滨击水有记 ·················· 158
　　吸血鬼城堡游记 ·················· 158
　　议会大厦 ·················· 159

保加利亚 ·················· 159
　　玫瑰谷留句 ·················· 159
　　里拉修道院观后 ·················· 160

斯洛文尼亚 ·················· 160
　　波斯托伊娜溶洞留句 ·················· 160
　　布莱德湖游记 ·················· 161

克罗地亚 ·················· 162
　　十六湖公园瀑布群 ·················· 162
　　峡湾小村 ·················· 162

波黑 ·················· 163
　　莫斯塔尔留句 ·················· 163
　　莫斯塔尔古桥重生记 ·················· 163

目 录

  拉丁桥百年枪声祭 …………………… 164

塞尔维亚 ………………………………… 165
  贝尔格莱德印象 ……………………… 165
  铁托纪念馆留句 ……………………… 165
  骷髅塔观后 …………………………… 166
  雷雨伤心地 …………………………… 166
  科索沃大街偶成 ……………………… 167

黑山 ……………………………………… 167
  黑山印象 ……………………………… 167
  科托尔古城（外一首） ……………… 168
  科托尔海湾遭遇雾天偶成 …………… 168
  桥 ……………………………………… 169

马其顿 …………………………………… 170
  奥赫里德湖偶成（外一首） ………… 170
  乘船经过铁托临湖别墅感叹 ………… 170

希腊 ……………………………………… 171
  巴特农神殿 …………………………… 171
  波塞东海神殿（二首） ……………… 171
  阿波罗神殿遗址 ……………………… 172
  世界肚脐眼 …………………………… 173
  德尔菲古竞技场 ……………………… 173
  皮奥达鲁斯圆形古剧场 ……………… 174

夜赴奥林匹亚 ………………………………… 174
奥运圣火取火处 ……………………………… 175
爱琴海湾（外一首）…………………………… 175
爱琴海夜景 …………………………………… 175

阿尔巴尼亚 ………………………………………… 176

地拉那街头素描 ……………………………… 176
初进阿国印象 ………………………………… 176
路过霍查住所 ………………………………… 177
无　语 ………………………………………… 177

英国 ………………………………………………… 178

题剑桥之小桥照 ……………………………… 178
伦敦塔桥 ……………………………………… 179
参观古堡偶成 ………………………………… 179
高尔夫球的发源地苏格兰草原留句 ………… 180
穿越英法海底隧道 …………………………… 180

爱尔兰 ……………………………………………… 181

冬　晨 ………………………………………… 181

荷兰 ………………………………………………… 181

老风车 ………………………………………… 181

比利时 ……………………………………………… 182

滑铁卢 ………………………………………… 182

卢森堡 ……………………………… 182
大峡谷 ……………………………… 182

法国 ……………………………… 183
艾佛尔铁塔 ………………………… 183
塞纳河夜景 ………………………… 183
蓝色海岸科技园（二首）…………… 183

摩纳哥 …………………………… 184
摩纳哥 ……………………………… 184

西班牙 …………………………… 185
斗　牛 ……………………………… 185
巴塞罗那印象 ……………………… 185
望岩山 ……………………………… 186

葡萄牙 …………………………… 187
贝伦塔 ……………………………… 187
欧洲之角 …………………………… 187

安道尔 …………………………… 188
安道尔 ……………………………… 188

瑞士 ……………………………… 189
瑞士风光 …………………………… 189
日内瓦湖 …………………………… 189

列支敦士登 ……………………… 190
列支敦士登 ………………………… 190

奥地利 ·· 190
　维也纳金色大厅 ······························· 190

意大利 ·· 191
　西西里纪行 ···································· 191
　古希腊神殿谷 ································· 192
　西西里火山 ···································· 192
　土耳其台阶 ···································· 193
　随火山熔岩平移之房顶感叹 ············· 193
　圣诞节登火山之小愿景 ···················· 194
　古罗马斗兽场重游记 ······················· 194
　威尼斯水巷荡舟重游记 ···················· 194
　比萨斜塔偶成 ································· 195
　庞贝古城（三首）·························· 195

圣马力诺 ·· 197
　圣马力诺 ······································· 197

梵蒂冈 ··· 197
　雨中游 ·· 197
　即　景 ·· 198

马耳他 ··· 198
　小蓝窗游记 ···································· 198
　大蓝窗坍塌后记 ····························· 199

第五辑　采诗天下之非洲篇 ... 201
  非洲行 ... 202
  启程南部非洲之旅 ... 202
  又到非洲（四首） ... 203

埃及 ... 204
  卢克索太阳神殿遗址诗记 ... 204
  卢克索夜景 ... 204
  帝王谷 ... 205
  金字塔前的问答（二首） ... 206
  金字塔夜景 ... 206
  荒漠之夜 ... 207
  人面狮身像前看激光表演 ... 207
  尼罗河夜舟游 ... 208
  飞越撒哈拉沙漠上空有感 ... 208

阿尔及利亚 ... 209
  杰米拉古城遗址 ... 209
  毛里盖尔马温泉瀑布游记 ... 209
  大漠帝王墓 ... 210
  君士坦丁城感叹 ... 211
  古罗马集市留句 ... 211

摩洛哥 ... 212
  卡萨布兰卡市印象（外一首） ... 212

醉咖啡 ·· 212

突尼斯 ·· 213
　　遗址之叹 ·· 213
　　又是斗兽场 ·· 213

毛里塔尼亚 ·· 214
　　欣盖提古城 ·· 214
　　大漠奇山叹 ·· 215
　　大漠溪流 ·· 215

塞内加尔 ·· 216
　　玫瑰湖 ·· 216
　　与狮共趣 ·· 216
　　玩狮之七律 ·· 217
　　戈雷岛再祭 ·· 217
　　戈雷岛留句（外一首）························· 218
　　奴隶转运站参观记 ······························· 218

冈比亚 ·· 219
　　中冈友谊林 ·· 219
　　小国吹牛王 ·· 219

西撒哈拉 ·· 220
　　西撒哈拉沙漠印象 ······························· 220
　　西撒哈拉顺访三毛故居 ······················· 221

目 录

佛得角 ······ 221
- 玫瑰湖 ······ 221
- 沙漠幻觉 ······ 222
- 蓝眼睛 ······ 222
- 奴隶拍卖广场奴隶柱 ······ 223
- 佛得角印象 ······ 223
- 海滩留忆 ······ 224

几内亚比绍 ······ 224
- 兵营旅游点 ······ 224
- 非洲神功 ······ 225

几内亚 ······ 226
- 一天困局 ······ 226
- 边关无语 ······ 226

塞拉利昂 ······ 227
- 参观塞拉利昂国家博物馆在中国明代瓷器展窗前留句 ······ 227
- 大洋沙滩少年踢足球场景偶成 ······ 227

利比里亚 ······ 228
- 和平铁树 ······ 228

科特迪瓦 ······ 228
- 亚穆苏克罗印象 ······ 228
- 大巴萨姆镇 ······ 229

加纳 ... 230
夜宿大洋边 ... 230
奴隶城堡"不归门"留句 ... 230
艺术棺材 ... 231
老码头之宏图 ... 231
深谷吊桥 ... 232

多哥 ... 232
独立纪念碑偶成 ... 232
出海口渔舟闲赋 ... 233

贝宁 ... 233
冈维埃水上村 ... 233
新建"不归门"留句 ... 234

埃塞俄比亚 ... 235
岩石教堂感叹(外一首) ... 235
悟之句 ... 236
东非大裂谷最仄处流连 ... 236

索马里 ... 237
索马里印象 ... 237
无　题 ... 237

吉布提 ... 238
捎给中国海军的问候 ... 238
盐湖东风 ... 239

大漠火山岩床留句 ·················· 239
肯尼亚 ·························· 240
　肯尼亚马赛马拉和坦桑尼亚塞伦盖蒂国家公园印象
　　 ···························· 240
　　蒙内新铁路 ······················ 240
　　非洲大草原 ······················ 241
　　火烈鸟 ························ 241
　　动物家园 ······················· 242
　　奈瓦沙湖泛舟 ···················· 242
　　荒原度假村（外一首） ················ 243
　　荒原夜色 ······················· 243
　　爆炸遗址留句 ···················· 243

乌干达 ·························· 244
　　尼罗河源头留影记 ·················· 244
　　卡琴扎河与乔治湖汇合处泛舟 ············ 245

坦桑尼亚 ························ 245
　　恩戈罗恩戈罗火山口游记 ·············· 245
　　哈德扎比部落探访诗记 ················ 246
　　乞力马扎罗峰观赏记 ················· 247

卢旺达 ·························· 248
　　非洲袖珍族（外一首） ················ 248
　　访袖珍族人 ······················ 248

夜宿猩猩家园：卢旺达火山公园 ········· 249
布隆迪 ········· 249
坦噶尼喀湖 ········· 249
参观动物园猩猩抢旅友手机未果有记 ········· 250

刚果（金） ········· 250
刚果（金）维龙加国家公园猩猩墓地留句 ········· 250
过关即景 ········· 251

刚果（布） ········· 252
刚果河乘船从刚果（布）首都布拉柴维尔前往刚果（金）首都金沙萨偶成 ········· 252
"世界中心" ········· 252

安哥拉 ········· 253
集市巧遇红泥人偶成 ········· 253
月亮谷彩石林 ········· 254
月亮谷恰逢九月十日歌 ········· 254

赞比亚 ········· 255
再游维多利亚瀑布感赋 ········· 255
维多利亚瀑布（二首） ········· 255
夜宿听瀑声 ········· 256
坦赞铁路 ········· 257
谦比希铜矿奇观 ········· 257
铜乡偶成 ········· 258

目 录

乡村晚照 ················· 258

马拉维 ··················· 259
马拉维湖日游夜宿记 ········· 259

莫桑比克 ················· 260
莫桑比克首都"毛泽东大道"流连 ····· 260
莫桑比克岛 ··············· 260

科摩罗 ··················· 262
科摩罗印象（外二首） ········· 262
火山岩滩偶成 ············· 262
月亮岛之夜 ··············· 263

马达加斯加 ··············· 263
猴面包树 ················· 263
原始森林穿越即景 ··········· 264
印度洋晚舟 ··············· 264

塞舌尔 ··················· 265
五月谷海椰子林 ············ 265
击水印度洋 ··············· 265
印度洋彼岸伫立偶成 ········· 266
顽童谱 ··················· 266

毛里求斯 ················· 267
再次"追虹"七色坡 ········· 267
彩色坡 ··················· 267

甘蔗林	268
无　题	268
晴雨天	268
闹市椰林	269
火山口	269
根雕老人	270
睡　莲	270

留尼汪（法） 271

留尼汪游记	271
留尼汪冰斗深潭即景	271
甘蔗林	272

纳米比亚 273

路过中国卫星追踪站感赋	273
45号红色沙峰攀登记	273
大沙漠傍晚登高望远	274
树之陵	274
纳米比亚红泥人部落探访记	275
纳米比亚古漠驱车行	276

博茨瓦纳 276

奥卡万戈三角洲游记之一：俯瞰	276
奥卡万戈三角洲游记之二：纵横	277
奥卡万戈三角洲游记之三：泛舟	277

参观布须曼人部落感赋 …………… 278

津巴布韦 …………………………… 279
　　乘直升机鸟瞰维多利亚瀑布 ……… 279
　　维多利亚瀑布津巴布韦段观感 …… 279

南非 ………………………………… 280
　　德拉肯斯公园游记 ………………… 280
　　曼德拉艺术头像观后 ……………… 281
　　从春天飞到秋天 …………………… 281
　　罗班岛 ……………………………… 282
　　开普敦印象（外一首）……………… 282
　　开普敦桌山遐想 …………………… 282
　　海豹岛 ……………………………… 283
　　好望角（五首）……………………… 283
　　南非钻石 …………………………… 285
　　老黄金矿井华工之挽歌（二首）…… 285
　　海边鲍鱼尝鲜记 …………………… 286
　　非洲狮 ……………………………… 286
　　鸵　鸟 ……………………………… 286

莱索托 ……………………………… 287
　　莱索托古岩画及所在村探访记 …… 287

第六辑　采诗天下之大洋洲篇 ··············· 289

　　水调歌头·南太平洋纪行 ················ 290

澳大利亚 ································ 291

　　大堡礁心型珊瑚礁留句 ················ 291
　　艾尔斯岩游记 ······················ 291
　　卡塔丘塔之瓦帕峡谷游记 ·············· 292
　　帝王谷攀爬游记 ···················· 293
　　粉湖留句 ························ 293
　　尖峰石阵游记 ······················ 294
　　海浪岩 ·························· 295
　　布里斯班留句 ······················ 295
　　悉尼上空鸟瞰 ······················ 296
　　悉尼歌剧院看表演 ··················· 296
　　中国驻澳大利亚大使馆做客记 ············ 297

诺福克岛（澳） ························ 297

　　飞诺福克岛途中偶成 ················· 297
　　诺福克岛印象 ····················· 298
　　库克船长登陆点留句 ················· 298

圣诞岛（澳） ·························· 299

　　圣诞岛观蟹记 ····················· 299
　　大洋小岛之椰子蟹 ··················· 300
　　飞鱼湾 ·························· 300

目 录

科科斯群岛（澳） …… 301
- 异想天开的机场 …… 301
- 登临袖珍岛 …… 301
- 科科斯群岛之夜 …… 302
- 无　题 …… 303

巴布亚新几内亚 …… 303
- 土著部落哈根节狂欢感悟 …… 303
- 岛国山村留句 …… 304
- 二战陵园 …… 304

所罗门群岛 …… 305
- 二战武器纪念场留句 …… 305
- 题翡翠色大海螺 …… 305

新西兰 …… 306
- 题孙女新西兰旅游照 …… 306
- 奥克兰转机借宿记 …… 306
- 夜飞基督城 …… 306
- 俯瞰基督城偶成 …… 307
- 湖天孤树 …… 307
- 南岛重阳节看日落留句 …… 308
- 游特卡波湖恰逢己亥秋重阳节有记 …… 308
- 米尔福德峡湾游记 …… 309
- 库克山塔斯曼冰川 …… 310

摩拉基大圆石 ……………………… 310
华人村留句 ………………………… 311
剪羊毛 ……………………………… 311
罗托鲁瓦火山口 …………………… 311

北马里亚纳群岛（美） ……………… 312
塞班岛蓝洞 ………………………… 312
天宁岛喷水洞 ……………………… 312
二战中投掷日本两原子弹组装地天宁岛留句 …… 313

关岛（美） …………………………… 313
关岛印象 …………………………… 313

纽埃 …………………………………… 314
洞中观赏"洋瀑"歌 ………………… 314
大小蓝洞留句 ……………………… 314
蓝洞击水 …………………………… 315
"黄金"洞 …………………………… 315

瑙鲁 …………………………………… 316
鸟粪致富之弹丸岛国 ……………… 316
鸟粪下的日军二战碉堡现形记 …… 316

密克罗尼西亚联邦 …………………… 317
南马都尔遗址游记 ………………… 317

马绍尔群岛 …………………………… 318
小岛游记 …………………………… 318

核爆试验场之岛国 ………………………… 319

库克群岛 ………………………… 319
　　南太平洋之潟湖 ………………………… 319

图瓦卢 ………………………… 320
　　即将被淹没的国家感叹 ………………………… 320
　　南太平洋之晚霞 ………………………… 321

瓦利斯和富图纳（法）………………………… 321
　　墨　城 ………………………… 321
　　瓦利斯岛雨林游记 ………………………… 322

汤加 ………………………… 322
　　三石门留句 ………………………… 322
　　天然泳池游记 ………………………… 323
　　喷潮洞体验记 ………………………… 323
　　飞来峰山留句 ………………………… 323

基里巴斯 ………………………… 324
　　夜乘筒舟摆渡大洋湾 ………………………… 324
　　基里巴斯奇趣 ………………………… 324

瓦努阿图 ………………………… 325
　　亚苏尔火山喷发观赏记 ………………………… 325
　　海底邮局 ………………………… 326

新喀里多尼亚（法）………………………… 326
　　让·马里·吉巴乌文化中心留句 ………………………… 326

太平洋石头鱼趣观记 ················· 327

斐济 ························· 328
在南太平洋参观和平方舟感赋 ············ 328
"总统村"传奇 ··················· 328
登山参观原住民村并远眺太平洋落日 ········· 329
山间偶遇年轻人玩水 ················ 330

萨摩亚 ······················· 330
萨摩亚印象 ···················· 330
《金银岛》作者故居留句 ·············· 331

美属萨摩亚 ····················· 331
美属萨摩亚大海啸发生地凝望太平洋 ········· 331

法属波利尼西亚 ··················· 332
大溪地潜观鲨鱼留句 ················ 332
甘比尔群岛（二首）················ 333

皮特凯恩群岛（英）················· 334
前往皮尔凯恩群岛途中有记 ············· 334
皮特凯恩群岛游记 ················· 334
皮特凯恩群岛偶成 ················· 335
天涯孤树 ····················· 336
天涯聚餐 ····················· 336
天涯送别 ····················· 337

第七辑　采诗天下之北美洲篇 ········· 339

联合国总部 ········· 340
卷曲之枪支 ········· 340
参观大会会场 ········· 340

加拿大 ········· 341
加拿大深秋即景 ········· 341
多伦多招商会 ········· 341

格陵兰（丹） ········· 342
格陵兰留句（二首） ········· 342

美国 ········· 343
再访世贸广场 ········· 343
凭吊世贸大楼遗址 ········· 344
大峡谷 ········· 344
友城中秋 ········· 344
深秋偶成 ········· 345
无　题 ········· 345
亚特兰大奥运公园晨练（外一首） ········· 346
访《飘》作者故居 ········· 346

墨西哥 ········· 347
再游羽蛇神金字塔（外一首） ········· 347
羽蛇神金字塔 ········· 347
再登日月金字塔有寄（外一首） ········· 348

登日月金字塔留句 ·········· 348
深潭游记 ··············· 349
坎昆之晨 ··············· 349
生日礼物 ··············· 350

危地马拉 ·············· 351
玛雅金字塔留句（外一首） ····· 351
登玛雅金字塔望远 ·········· 351

伯利兹 ··············· 352
击浪观海篇（二首） ········· 352

萨尔瓦多 ·············· 353
玛雅人家园遗址感叹（外一首） ··· 353
参观玛雅村留句 ··········· 353

洪都拉斯 ·············· 354
科潘玛雅遗址感赋（二首） ····· 354

哥斯达黎加 ············· 355
阿雷纳火山夜宿（外一首） ····· 355
温泉河之夜 ············· 355

巴拿马 ··············· 356
巴拿马运河大闸游记 ········· 356

古巴 ················ 357
巴拉德罗海滩二首 ·········· 357
哈瓦那印象 ············· 357

哈瓦那海滨夜浪 ………………………… 358
　　加勒比海日落 …………………………… 358
　　云尼山溶洞留句 ………………………… 358
　　题古巴岩壁画 …………………………… 359

加勒比海地区 ………………………………… 359
　　前往加勒比海地区旅游借宿纽约偶成 …… 359
　　加勒比海之旅回眸 ……………………… 360

牙买加 ………………………………………… 360
　　蓝山-约翰·克罗山脉感赋（外一首）…… 360
　　蓝山咖啡 ………………………………… 361

巴哈马 ………………………………………… 361
　　粉色沙滩游记 …………………………… 361

特克斯和凯科斯群岛（英）………………… 362
　　索尔特珊瑚礁 …………………………… 362

海地 …………………………………………… 363
　　拉米尔斯城堡（外一首）………………… 363
　　垃圾山 …………………………………… 363

多米尼加 ……………………………………… 364
　　哥伦布灯塔纪念馆感叹 ………………… 364

波多黎各（美）……………………………… 365
　　莫罗要塞 ………………………………… 365

美属维尔京群岛 …………………………… 366
　维京群岛乘船从英属到美属有记 ……… 366
英属维尔京群岛 …………………………… 366
　注册楼前的感慨 ………………………… 366
安圭拉（英） ……………………………… 367
　安奎拉酒店风光 ………………………… 367
安提瓜和巴布达 …………………………… 367
　击　浪 …………………………………… 367
圣基茨和尼维斯 …………………………… 368
　硫磺山要塞 ……………………………… 368
蒙特塞拉特（英） ………………………… 369
　火　山 …………………………………… 369
瓜德罗普（法） …………………………… 369
　卡贝茨瀑布 ……………………………… 369
多米尼克 …………………………………… 370
　多米尼克印象 …………………………… 370
马提尼克（法） …………………………… 371
　奴隶纪念碑 ……………………………… 371
圣卢西亚 …………………………………… 372
　沃尔科特广场感赋 ……………………… 372
圣文森特和格林纳丁斯 …………………… 373
　岛国即景（外一首） …………………… 373

航班取消被困金斯顿留句 ·········· 373

巴巴多斯 ································· 374
　　加勒比海与大西洋交汇处望远 ······ 374

格林纳达 ······························· 374
　　海底雕塑公园游记 ················ 374

特立尼达和多巴哥 ···················· 375
　　热带原始森林闲逛记 ·············· 375

圣马丁（法、荷）······················ 376
　　"飞机剃头"观后 ·················· 376

第八辑　采诗天下之南美洲篇 ········ 377
　　南美洲归来梦 ···················· 378

哥伦比亚 ······························· 378
　　哥伦比亚古代黄金极品观后 ······ 378
　　盐洞教堂游记 ···················· 379
　　雨游瓜达维达湖 ·················· 379

委内瑞拉 ······························· 380
　　安赫尔瀑布 ······················ 380
　　穿越水帘瀑布 ···················· 381

秘鲁 ··································· 382
　　的的喀喀湖之浮岛 ················ 382
　　马丘比丘（二首）·················· 383

科斯科古城之夜（外一首） ·············· 384
 古军事要塞 ························· 384
 地　画 ······························· 384

厄瓜多尔 ······························· 385
 赤道纪念碑游记 ······················ 385
 加拉帕戈斯群岛游记 ·················· 386
 圣克鲁斯岛海滩 ······················ 387
 寿龟天堂 ···························· 387
 百年仙人掌咏 ························ 388
 露天龙虾宴 ·························· 389

玻利维亚 ······························ 389
 天空之镜——乌尤尼盐湖 ·············· 389
 蒂瓦纳科印第安古文化遗址诗记 ········ 390

巴拉圭 ································ 391
 巴拉那河畔回眸 ······················ 391
 巴拉圭河畔即景 ······················ 392

圭亚那 ································ 392
 热带雨林泛舟 ························ 392
 凯尔图尔瀑布 ························ 393

苏里南 ································ 394
 苏里南印象 ·························· 394
 老城吟 ······························ 394

纪念碑观后感 ································· 395

法属圭亚那（地区） ································· 396
　　库鲁欧洲航天发射中心留句 ················· 396

巴西 ··· 397
　　巴西耶稣像即景 ································· 397
　　伊瓜苏瀑布 ·· 397

智利 ··· 398
　　复活节岛 ·· 398
　　巨人石像（外一首） ··························· 398
　　石人像雕刻工场 ································· 399

阿根廷 ·· 399
　　夜宿阿根廷湖畔 ································· 399
　　再游大冰川 ·· 400
　　路过偶成 ·· 400
　　探戈舞发源地参观记 ··························· 401
　　莫雷诺大冰川（三首） ······················· 401
　　火地岛 ··· 402
　　世界公路之尽头 ································· 403
　　世界尽头的火车 ································· 403
　　乌斯怀亚海湾 ····································· 404

乌拉圭 ·· 404
　　白宫落日 ·· 404

科洛尼亚·德尔萨克拉门托古镇游记 …………… 405
溺水者纪念碑 ………………………………… 406
无　题 ………………………………………… 406

附录：皮特凯恩岛游记………………… 407
后　记 ………………………………………… 415

第一辑 采诗天下之周游感赋

天下周游感赋
——献给改革开放四十周年

击浪潮流志未沉,黄昏诗意五洲吟。
百邦景引流连步,万象缘勾探索心。
海角街头尝粤味,天涯工地会乡音。
游程常是豪情涌,风展尊严红亮金。

二〇一八年十二月

致旅友

百国人生遂志同,且将精彩寄行踪。
洲洋晴雨千关路,笑在回眸又一峰。

二〇二一年十月

遨游天下者歌

坎坷征程几度逢,天涯远近在心穹。
追寻胜境攀云路,领略时情踏雨风。
妙悟归心分彩墨,奇观励志共鲜虹。
洲洋苦乐多重味,无愧人生自予雄。

二〇二一年元月

满江红·周游天下者江城小聚有寄

雨后江城,旅者聚、实虚临会。同愿景,千关过后,百般欣慰。航渡几回惊险梦,洲洋多遍欢心泪。倍感恩、拜国运昌隆,天涯醉。

瘟神猛,似难溃。光阴迫,时珍贵。积豪情万丈,叹如何怼。欲续游程知少憾,思圆梦想追无悔。望前行、再苦辣酸甜,人生味。

二〇二一年元月

元旦抒怀

梦在余生逛四方,一心一步未彷徨。
采诗路带洲洋阔,剪影洲洋路带长。
击浪凝神捞碎月,登山妙想抱残阳。
回眸脚下尘飞彩,不尽豪情再远乡。

二〇二〇年元月一日

旅程畅想曲(二首)

之一
无愧平生步晚秋,夕阳红火任消愁。
百邦踏遍春知老,何处幽藏第八洲?

之二
游观万象挑佳景,静悟千诗聚美篇。
既做人间潇洒客,且留一片我心田。

二〇一八年九月

新年愿景

轮回日夜又钟声,一片心田笔献耕。
愿景和平山水路,采诗天下更兼程。

二〇一八年元月一日

世界杯观后

沸腾人海绿浮洲,猛士疯狂戏小球。
脚浪滔滔攻未止,头雷滚滚进方休。
风云易改赢和败,汗泪难分喜与忧。
盛宴粉迷天下醉,奈何回望叹春秋。

二〇一八年七月十六日

百国游记

余生快步送春秋,百国观光如愿酬。
深海远空缘未尽,留将来世再遨游。

二〇一四年九月

大洋边晨练

波涛又是夜无眠,晨练相陪争抢先。
愿借奔腾万均力,周游直上九重天。

二〇〇八年六月

自题诗三首

之一

路远关重无却步,峰巅极点采云霞。
回眸思绪如泉涌,天地中心是我家。

二〇一四年六月

之二

踏遍天涯非狠话,笑观极地靴痕深。
余年勤画黄昏景,自赏辉煌更醉人。

二〇一三年九月

之三
骨头未散颠簸路,游意凝坚倥偬人。
雪域峡湾诗矿富,艰难险阻更精神。

二〇一二年十一月

世界奇迹游记

依山傍水敢托身,断壁残垣留朴真。
风雨无情磨韧性,千秋铸就古精神。

注:指公认的世界奇特人文景观,诸如老的世界七大奇迹幸存者埃及金字塔,以及新的世界七大奇迹中国万里长城、约旦佩特拉古城、秘鲁马丘比丘遗址、墨西哥奇琴伊察库库尔坎金字塔、意大利罗马斗兽场、印度泰姬陵、巴西里约热内卢基督像等。这些奇迹各具特色,令人震撼。但归纳其共性,就是"古精神"。

二〇一二年十月

世界三大瀑布感赋

欢腾水幕雨阴晴,坠落无妨跨国行。
三瀑流连一声赞,开怀独笑共雷鸣。

注:美国、加拿大交界的尼亚加拉瀑布,阿根廷、巴西交界的伊瓜苏瀑布,赞比亚、津巴布韦交界的维多利亚瀑布。

二〇〇八年五月

泳　趣

小溪水浅少时狂,久阅湖天陪夕阳。
击水人生三万里,且追晚趣戏波洋。

二〇一九年十一月

第二辑　采诗天下之世界三极

世界三极感赋

余生有梦爱无穷,三极迎来山水翁。
两点未临无憾意,觅回诗句已成功。

注:世界三级指南极、北极、珠峰。本人到了北极极点,即北纬90度,游南极未到达极点,游珠峰爬到大本营,又在尼泊尔乘小飞机抵近珠峰,但只能望顶兴叹。

二〇一二年九月

南极

南极诗记

巨浪抛船五脏愁,绒装一色绿奢求。
冰锥自转蓝虹坠,雪岸随行墨画留。
吵架企鹅萌态酷,黏团海豹懒姿悠。
天涯冻境无穷景,已醉诗心志未休。

过德雷克海峡（三首）

之一
峰巅坦荡敢登临，骇浪翻天人欲沉。
磨难观光思路阔，何愁百景不归心。

之二
南洋巨浪怒抛船，摇晃沉浮五脏旋。
探猎惊奇苦中乐，收来精彩入诗篇。

之三
日夜簸腾风浪里，无边无际探无知。
人生二度摇篮曲，竟是银丝闪耀时。

注：从阿根廷南部前往南极，必经德雷克海峡。由于太平洋、大西洋在这里交汇，双洋的飓风狂浪似乎都集聚在这里，八级以上的风力，十几米高的怒浪成为海峡的主宰。历史上曾让无数船只倾覆，称之为"死亡走廊"。

初会南极

万里云涛千里浪,企鹅家远住冰涯。
阴晴雨雪时时变,稀客随身送彩霞。

注:游客穿着各样各色的羽绒服,犹如南极彩霞。

无　憾

几度船停浪不休,天涯咫尺即天沟。
唯将遗憾抛洋去,它处风光亦照收。

注:南极天气多变,游客常因风高浪急下不去预定景点。开头有想法,后来就适应了。

南极思绪

天际洋边一线连,长涛巨浪任谁牵。
海鸥觅食忙击水,我驾颠簸独倚舷。

甲板望远

夏日专长水墨功,极山铺纸现真容。
灵通黑白神奇画,不败冰花挂险峰。

题冰崖天作

天作冰崖旷世稀,一副呆萌冷调皮。
频按快门追波去,国宝随行好猎奇。

注:积雪半融化状态,白雪和黑岩相间,奇迹般地出现了一幅幅水墨画。其中一幅像一只熊猫的头像,出神入化,诗以证。

登岛山

冰山夏日唱冬歌,雪舞风天汗落坡。
滑步登高追视野,白峰冻水企鹅窝。

黄昏观景（二首）

之一
雪峰牵手围佳境，收敛风涛人复尊。
惬意生灵普天乐，笑观夜幕让黄昏。

之二
一色茫茫冰雪魂，融和天地已难分。
此生难避人间闹，亮丽回睛是彩轮。

金图企鹅素描

墨背银身一点红，雪中度夏亦匆匆。
摇恣摆舞憨天下，冷对船来不晃翁。

企鹅孵蛋即景

围堆石粒露天房，两口轮班孵化忙。
日夜温存爱情果，一朝破壳更牵肠。

贼　鸥

涂墨一身立雪坡，专偷孵蛋企鹅窝。
名符其道虽遭恨，却奏自然生态歌。

象海豹

雪浪冰风冷夏滩，簇居一片滚泥团。
腰圆体胖心宽季，贪享阳光最尽欢。

鲸　鱼

汪洋霸主万波龙，敢与冰山竞海峰。
惶恐当年血腥日，无常浮隐即行踪。

穿越冰山群

奇形怪状布迷林,耀眼晶蓝坠妙音。
雨雪风涛穿越去,时空深处触冰心。

冰　峰

洋面漂浮无数峰,千秋积雪不消融。
蓝光剔透三千里,一路欢腾串彩虹。

冰　凌

巨霸勾云小若筐,如仙聚会转无常。
千姿万态藏凶相,浩荡蓝光不夜洋。

冰　崖

高耸壁立显蓝青，崩裂轰鸣时有声。
屹立催生冲浪景，不惊鸥鸟慢扬程。

冰　洞

近探弯穹一洞宫，冰蓝水绿挂霓虹。
来回荡漾流波彩，不尽飞花总乘风。

南极小博物馆有寄

几间陈列忆当年，铭记先驱探险篇。
无畏精神当励志，即书孙辈寄明笺。

中国产小企鹅

天涯小店四方人，偏爱绒毛冰雪神。
我更因之九州客，回捎万里送孙孙。

注：我万里迢迢来到南极，买回了万里迢迢运到南极的中国产品，再万里迢迢带回中国，世界大得很也小得很，正说明了中国制造之厉害。

手机多日无信号感作

失语手机双耳静，倾心陶醉浪冰歌。
人间思念情难舍，寄予灵犀万里波。

题五老南极照

雪发银龄难予猜，神州五老各开怀。
追寻幻景千般酷，踏破惊涛万里来。

注：旅游团里，五位花甲老人合影，题照诗分赠。

与张先生诸旅友南极同乐（三首）

之一
共舞舱厅非醉醺，同登雪岛有缘人。
不言志趣何浓淡，无碍文思落笔神。

之二
暖阳临空雨方停，逛市随机自在行。
砍价开心非本意，天涯何必论行情。

之三
烤鱼大小比鲜浓，美酒摇杯挂壁红。
相聚无拘追往事，先人皆是过江龙。

赠导游小倪

常跨洲洋知路人，导游甘苦寄浮云。
未知几度天涯岛，帽带金图总伴君。

注：帽带、金图皆为企鹅名。

孙女孙子生日南极即兴（三首）

之一
天涯时日盼天晴，极目依然百丈冰。
小岛匆匆淘宝乐，挑枚粉叶最晶晶。

之二
霞光云彩腾驹影，雪阔冰深镇水天。
未忘江南捎愿景，一方嫩绿系心田。

之三
雀跃生灵恋小家，适逢夏暖荡无涯。
冰洋望远穿云水，笑口常开一虎娃。

（以上诗词初稿写于 2011 年 11 月下旬至 12 月，几经修改）

北极

北极极点感赋

南北东西一统南，冰原雪野觅丘山。
旋尖即绕环球转，垂斗难穿极昼关。
满目寒花晶似玉，何方暖水绿如蓝。
此时最热灵犀线，牵记时时共远欢。

北极小花赞

小岛如盘石乱横，春临寒境不雷霆。
冰刀插野争无势，雪剑垂天展有形。
不与高枝分艳丽，偏随矮藓共鲜灵。
生机无限时辰短，一段舒心亦是赢。

注：北极的小岛上，居然长着小野花，几天、十几天的花期，严寒无妨它们盛开。

乘原子能破冰船北极游偶成

雪盖晶莹铺漫漫,船抛破碎劈沉沉。
进军不倦驱黑暗,无愧一颗原子心。

注:"五十年胜利号"是当今世界上最大的核动力破冰船,船长159米,宽30米,满载排水量2.5万吨,航速为18节时2.8米厚度的冰层不在话下。

乘直升机鸟瞰记

已是无边极地景,飞天鸟瞰更茫茫。
巨轮失态留红点,云海冰洋一色装。

北极乘热气球即景

烈焰冲天托巨球,阴天红日晃悠悠。
一筐笑语冰风客,抛却人间无数愁。

甲板晚宴

冰封极昼飞天雪,烧烤青烟飘肉香。
热酒融和几肤色,游心不醉共张扬。

北极熊

敢和白雪抢绒装,千里冰洋穿浪狂。
绝世聪明躲人类,苍茫一统大无疆。

海象素描

抱团老少爱同框,懒醉肥流冰雪床。
天性功夫冷洋里,自由灵动任疯狂。

北极海雀舞台留句

岛山峭壁搭歌台,八面飞临云幕开。
百万尖喉大合唱,但闻天籁舞中来。

燕鸥礼赞

白灰装束寻常鸟,展翅尽收洲与洋。
万险千难无悔日,心中唯有夏天堂。

注:燕鸥的体形比鸽子小,貌不惊人。但它却蕴藏着巨大的能量、超常的毅力,保持着世界上飞行最长距离的纪录,往返南北极是它们的正常生活,不愧是北极精神的代言。

北极"大地"

休管东西南北向,此时唯我正居中。
四周望断连天际,大地即冰悬水空。

极昼拾句

日光独霸驱黑夜,雪盖坚冰波未收。
回首人间渐远去,游心不倦寄孤舟。

无夜却有梦

翩翩极昼占寒圈,不见东升西落圆。
无夜依然多梦境,归心几度逛江南。

注:极地无黑夜,24小时白天,称为极昼。但是,无夜却有梦,梦我江南。

极点素描

瘦雪肥云白夜静,乘风展翼几鸥鸣。
冰浮极点藏身处,脚踩无形照有形。

极点派对

无际冰原冷趣浓,天涯派对热心穹。
相逢极点多缘分,烤味留香酒送红。

极点思绪(四首)

之一
已到地球冰尽头,游轮恰似北极楼。
十分清醒失方位,四面是南一念愁。

之二
穷尽北方寻北斗,笑抛疑惑问浮冰。
若非极昼遮天幕,头顶正悬七亮星。

之三
踮脚旋冰原地转,环球已绕几圈圈。
江南不意云遮日,极地游心盼好天。

之四

极顶高瞻收万里，洲洋掠影转陀螺。
云垂几缕硝烟处，当遣冰山镇恶魔。

致极地科学家（外一首）

几逢绝境一常客，使命超然敢问天。
探险人生多绚丽，古稀添彩画极圆。

致极地探险家

两极出入寻常事，冰雪天涯无畏人。
引领八方潇洒客，绝尘佳境洗游魂。

注：在北极极点的探险旅游中，一起前往的还有中国和外国的科学家、探险家，他（她）们都曾为科学事业、探险事业做过贡献，现在虽然老了，依然发挥余热。

（以上诗词写于2012年6月下旬至7月上旬，几经修改）

珠峰

尼泊尔乘小飞机观赏珠峰诗记

天际参差一列峰,高端队长最威雄。
银装飒爽冲霄汉,鹤发晶莹拔地翁。
两度比高高邂逅,三回抵近近相逢。
永恒刻进诗心里,待我回归正舞龙。

注:小飞机从加德满都起飞,由西向东,可以看到喜马拉雅山脉屹立着二十余座雪峰,海拔8000米以上就有希夏邦马峰、珠穆朗玛峰、卓奥友峰、洛子峰、马卡鲁峰等,无比壮观。

二〇一一年十月

念奴娇·珠峰大本营游记(平韵格)

昆仑跨越,紫唇频干裂,霄旅云游。凛冽风长唯气短,携手难压心浮。峰嵌金边,肩披蓝宇,欲往隔千愁。

与君相会，笑言白聚三头。

夜半雹雪捶窗，任凭风怒号，冷冻难休。峡谷黎明归静态，万象仰视尊悠。娇倚苍穹，纱巾飘逸，晨媚展温柔。女神陪伴，吉时赠我明眸。

注：珠峰行，与夫人同游。"霄旅"既有高处旅游的意思，也是我们姓氏之谐音。

二〇〇四年十月

珠峰组歌（十首）

神　驰
千山俯视任神驰，雪域豪情唱伟姿。
百岁人生终有尽，珠峰永远我留诗。

天　骄
雪貌冰心斜倚天，天骄无限美之巅。
群峰仰慕周边静，勇士痴情命了缘。

任 性
瞬间云雾造阴晴，雨雪冰雹任乘风。
无奈天生脾气怪，难为远客兴冲冲。

黄 昏
夕阳红醉火烧云，古典银装几折痕。
蓝色披风三万里，珠峰最美在黄昏。

晨 曲
大雾茫茫先散去，浓云块块慢移开。
蓝天终见开窗口，日送雪颜天际来。

生 日
花甲披肩山里人，诚心无畏叩天门。
夕阳燃点千峰烛，送我霞光是女神。

注：珠峰被誉为第三女神。本人那天碰巧在珠峰大本营过生日。

愿 景
坎坷崎岖抗氧稀，云端漫步互攀依。
人间不比天峰寿，与共白头终有期。

晴 姿

谁洗蓝天不染尘,山巅一列尽堆银。
珠峰总是高端坐,万古阳光最养神。

注:第三天,恰逢大晴天,万里无云,珠峰等数座高峰清晰展现,已经离开的我们则在远处观赏。

告 别

渐退云团开洞天,神峰再次露天颜。
谢君相送留张影,铭记永恒一瞬间。

归 梦

归来多梦见珠峰,依旧险途风雪中。
醒后难眠思壮丽,此生真愿再相逢。

二〇〇四年九月

第三辑　采诗天下之亚洲篇

朝鲜

流连鸭绿江畔

身临此境望延绵,旋律高昂奋进篇。
对岸山峰分峻峭,一江水界共漪涟。
英雄浴血三千里,史册留碑一万年。
唯有和平美如画,喜看坡岸起炊烟。

二〇〇四年七月

印象篇(二首)

弯道撞车人未伤,浓云化雨路颠狂。
青山绿水田留影,大幅标牌小佩章。

雕雄塔峻广场欢,一派风光尤壮观。
血火篇章翻页远,征途险处尽狂澜。

二〇〇四年七月

韩国

偶　成

倚山借绿自来峰,一派风光常换东。
远客镜头频对处,光鲜危业一蓝宫。

二〇一七年八月

济州岛思绪

独有龙头万众迷,冲天几怒铸千奇。
此时君若开尊口,劫后无妨日逛西。

一九九九年八月

板门店凝望

电网如蛇岸似钳,一江泪水不扬帆。
此时空间谁生祸,何日群峰共绿衫。

一九九九年八月

蒙古

沙漠小镇偶成

极目无垠一界分，沙扬小镇半黄昏。
猎奇时日方知变，异样风情几混痕。

二〇一二年八月

游酣

百里荒原星幕迟，游心做客酒香痴。
满斟漫饮风陪醉，火烤全羊味不知。

二〇一二年八月

日本

东京奥运会诗记（外一首）

竞技缤纷各献奇，奖牌闪闪几多谜。
平心欣赏心难静，总盼五星升艳时。

写在东京奥运结束之夜

热赛空场一段奇，中华儿女正腾驰。
巅峰常客流连日，绝顶新人涌现时。
几阵非常留众叹，十分完美展神姿。
飞霞雄曲金光泪，拼搏齐心铸锐师。

二〇二一年七月底八月初

周总理诗碑

大浪滔滔隔海东,青春似火亮留踪。
石碑无语诗言志,志在神州腾巨龙。

注:1919年4月5日,留学日本的周恩来游览岚山时,写下了《雨中岚山》一首诗。20个世纪70年代末,日本的有识之士、部分日中友好团体在岚山修建了"周恩来诗碑"。

一九九九年八月

京都留句

纵横风水塔知雄,亮瓦明窗守帝宫。
路过随观千载貌,幽幽古雅透唐风。

一九九九年八月

富士山（二首）

之一
终年雪帽不离头，四海游人探故由。
若见此公真面目，一场横祸毁春秋。

之二
几张怒口八峰连，玉扇倒垂湖海天。
谁唤乌云捎急雨，我停攀步不为仙。

一九九九年八月

越南

胡志明小楼

大树参天遍地花，木楼小巧不奢华。
清风长守初迎客，领袖单身国是家。

二〇〇六年十二月

闹市街景

十字街头一片停，载人摩托任轰鸣。
红灯即绿群骑动，笑望汽车皆让行。

二〇〇六年十二月

下龙湾

碧波雪浪涌千山，石体绿装皆怪颜。
船慢峰随鱼蟹酒，海天留客醉仙湾。

二〇〇六年十二月

老挝

万　象

庙塔如林花簇拥，檀香故地驻贫穷。
湄公日夜留长叹，万象更新似起风。

注：万象位于湄公河畔，其意为"檀木之城"，据说从前此处多檀木。

二〇〇四年五月

塔銮（二首）

之一
湄公守卫象都门，金顶冲天方塔身。
佛祖长留不归去，虔诚朝拜四方人。

之二
腾云金塔引佛来，巨瓣莲花四面开。
圣骨埋藏神秘地，一方香火去心灾。

注：老挝首都万象，即取"百万大象"之意，与泰国仅以湄公河相隔。塔銮即"皇塔"，被视为老挝的国宝，其形象出现在老挝的国徽上。据说，佛祖有一块胸骨埋在这里。

二〇〇五年五月

山湖枯木林

傲立山湖尽裸枝，悲鸣鸥鸟扑鱼迟。
清波似叹风光尽，却见游人拍绝奇。

二〇〇五年五月

柬埔寨

机场感言

外魔炮火国碎门，内鬼屠刀尽怨魂。
除却征途多少难，和平树嫩却深根。

注：下飞机后，看到经过血与火年代的柬埔寨，一片和平景象，从内心祝福这一曾经创造古老文明的国度。

二〇〇五年五月

吴哥王城（二首）

之一
一代文明创意浓，半途退隐史无踪。
后人惊叹恢弘景，坍庙残佛伴树丛。

之二
辉煌一度避凡尘，树海淹藏千古身。

重返人间谜雾重，史家难问众天神。

注：现存吴哥古迹之一。吴哥王城始建于公元9世纪，曾是柬埔寨的王都。东西长4000米，南北宽3000米。由以巴戎寺为中心的数十座寺庙组成。

二〇〇五年五月

吴哥窟感叹（三首）

世界造型
城河即海纳长空，楼塔巍峨立峻峰。
天地为尊浓缩景，吴哥意境本无穷。

注目留句
古色城墙围护河，中间残坐小吴哥。
石雕千米精华在，五塔齐心渡劫波。

夕　照
树海深沉暮色垂，夕颜似火醉回归。
瞬间天地辉煌景，楼塔金装罩古辉。

注：现存吴哥古迹之一。吴哥窟（又称小吴哥）有近千年历史。四周护城河，代表海洋，东西1500米长，南北1300米宽；五座塔楼代表山峰，是当时理解和想象的世界造型。其塔楼还是柬埔寨的国家象征，绘制在国旗上。

二〇〇五年五月

吊脚楼

热带丛林隐木楼，底层方柱显空悠。
忽闻老少窗前笑，少女遮颜躲害羞。

二〇〇五年五月

吴哥悲剧

花季无蕾心破碎，街头一幕天垂泪。
四肢如棍讨公平，涂炭苍生谁是罪？！

二〇〇五年五月

缅甸

仰光瑞德贡金塔

一片金光高塔丛,钻镶尖顶汇星空。
四方端坐慈悲佛,凭任苍生诉苦衷。

注:仰光瑞德贡大金塔是世界上最大的金塔,高100米,据说用去16吨黄金,塔顶镶嵌7000多颗钻石,最大的重76克拉。大金塔四周围立着68座小金塔,远近看去都是一片金碧辉煌。

二〇〇五年五月

蒲甘古佛国遗址(外一首)

自古浦甘风水窝,万千金塔聚佛陀。
百灾劫后留无几,神圣依然香客多。

蒲甘佛塔群

数千砖塔古来身,大似皇宫小比人。
不论残全灵气在,佛乡信客拜心神。

注:蒲甘位于缅甸中部,最早的佛塔建于2000多年前,鼎盛时期有40万座佛塔,全部用砖砌成。几经战火和天灾的毁坏,至今残留2000多座,散布在荒原上,依然壮观。

二○○五年五月

中缅友谊纪念塔

跨过国门进友邦,山头庙塔闪金光。
胞波世代和平颂,万古澜沧天地长。

注:在中缅边境缅方一侧的山头,矗立着一座金碧辉煌的庙宇,中心的塔状建筑即中缅友谊纪念塔。

二○○五年五月

泰国

游桂河

峻山绿岸赏花鲜，红屋留尖落日圆。
起网收竿抛笑语，桂河歌舞几多船。

注：在泰国与缅甸交界，是泰国著名景点。

二〇〇五年六月

桂河大桥

刀逼修桥血肉飞，囚魂垫轨跨边陲。
亲情探墓寻千度，往事凭栏问百回。

注：泰国旅游点。二战期间，日本侵略军逼迫盟军战俘两万余人，在泰缅交界的桂河上架设铁路大桥，此后日本侵略东南亚的军需物资就是通过这条铁路运输的。战俘多数被虐待致死，留下一片片的坟场。

二〇〇五年六月

泛舟湄南河

单叶扁舟浪里穿,高楼两岸共迎欢。
百年长梦流连处,几代水居浮景观。

注:曼谷湄南河畔的水上旧居,已成为一道风景线。

二〇〇五年六月

湄南河边戏鱼

面包击水戏鱼人,一片流波尽闪银。
笑语眼前纷乱景,充饥争抢亦凡尘。

二〇〇五年六月

游船夜餐

闹市灯辉河面风,烛光罩里送朦胧。
浮冰啤酒红斑蟹,不在他邦当醉虫。

二〇〇五年六月

金沙岛海底漫步

头罩重盔深海巡，鱼群无忌挤光身。
珊瑚招手花螺静，何处龙宫寻走神。

二〇〇五年六月

马来西亚

双子楼

携手同攀欲上天，凡尘远避躲云间。
回头更见悲欢事，一片朦胧几冒烟。

注：世界最高的双塔楼，两楼有通道相连。

二〇〇五年六月

橡胶林

驱车南北绿铺茵,万顷滔滔人造林。
树干纵横如起誓,愿将白乳换乌金。

二〇〇五年六月

沙巴岛游记(四首)

乘海上降落伞
风送升天心挂悬,低头惊叹静波澜。
松绳落坠忽悠我,苦水之吻亦畅欢。

长鼻猴
河天树海几猴王,珍品知羞爱躲藏。
银饰金装挂长尾,鼻垂瀑盖甩张扬。

萤火虫
疑逢圣夜绿生屏,一树流光闪玉莹。
知趣星星不争亮,镜头临近饱双睛。

悬空降落伞不适有悟

瞬间高处险时惊,老去雄心闹不平。
惶恐异乡方领悟,韶华已远自当明。

二〇一〇年一月

文莱

文莱游记(外一首)

翠溢热林多雨凉,油喷流宝筑天堂。
王衣钻扣民生乐,何虑袖珍比大洋。

帝国酒店

窗浮小岛白帆闲,金碧辉煌纳远仙。
千古涛声日追夜,不时入梦共聊天。

二〇一〇年一月

新加坡

新加坡鱼尾狮

海灵山猛共身奇，日夜喷龙鱼尾狮。
风雨无妨观万变，星洲风采寄雄姿。

二〇〇三年八月

取 经

远赴星洲上课堂，真经如数话亲商。
植移热土长成树，四海财神共纳凉。

注：星洲即新加坡，亲商系新加坡招商经验之精华。

一九九五年七月

写在第六次中新理事会召开之际

八岁园区飞彩虹,星洲又聚几人同。
来年奋进干杯日,先敬贤人助我功。

注:苏州工业园区的协调机构是中新理事会。1994年5月第一次理事会在新加坡举行,2002年5月第六次理事会,时隔八年又在新加坡召开,但人事变动很大。每想到今日园区的辉煌,作为见证人和园区人,从心里感谢曾经为园区做过贡献的人们。

二〇〇二年五月

又赴星洲

十年一站路难终,无悔无言诗兴浓。
九赴星洲今又渡,蓝天似旧几云重?

二〇〇三年八月

送新加坡友人离任

十年怀志唱金鸡,梦境成真别有期。
最忆同舟风雨日,脸红总是酒酣时。

二〇〇三年十二月

印度尼西亚

重游巴厘岛偶成

海神新像近云空,仰望猴儿跳树丛。
白浪灰岩皆已老,青山正旺展花红。

二〇一九年十一月

巴厘岛（三首）

之一：印象
稻田菜地农村景，画室雕坊艺术乡。
啤酒随心人半醉，沙滩枕浪望天方。

之二：日出
海天阅尽睡神催，潮涌千雷梦敞开。
谁料窗门关不住，一轮红日浪推来。

之三：海滩日落
层层潮雪漫游滩，多彩云霞托火团。
众目依依送君远，余辉回赠醉千欢。

二〇〇三年九月

爪哇海（二首）

之一：千岛穿梭记
放眼蔚蓝云挂垂，渔船劈浪雪龙追。
海风扑面多豪气，千岛沉浮远近随。

之二：垂钓

极目茫茫驻浪舟，挥竿神聚几垂钩。
鼠斑活蹦临空舞，甲板欢声引白鸥。

二〇〇三年九月

印尼万隆会议遗址

百旗伫立望铜锣，红椅空空追忆河。
峰会同声五原则，欲平世界不平波。

注：主席台插着105个国家的国旗，右侧悬挂着一面巨大的铜锣，上面印着105个国家的国旗图案。

二〇〇八年十月

万隆回首

机毁人亡难阻行，万隆城里会群英。
翩翩风度和平使，仗义执言皆共鸣。

二〇〇八年十月

万隆火山

此君闭口未临终,怒气腾腾热乘风。
四海围观恐生怒,心神催我走匆匆。

二〇〇八年十月

东帝汶

东帝汶印象

热浪无妨独客缘,年轻国度探新鲜。
春风已度无春岛,志气方书有志篇。
浪里排桩迎海市,云中筑路串山巅。
征程不畏崎岖处,几代驱贫任在肩。

注:东帝汶,与澳大利亚北部隔海相望。面积1.49万平方公里,人口约129万。在历经长期的殖民统治和外国占领之后,于2002年正式独立,这是一个年轻而贫穷的国家。但在2017年成为亚投行成员后,"一带一路"倡议随之在

东帝汶落地。在多个项目中，国家电网、高速公路、港口三个项目尤为注目。

二〇一九年十一月

耶稣山

山头面海一沙湾，圣像添峰视野宽。
挥手当知迎与送，前朝散去景留观。

注：位于东帝汶首都帝力，印尼人所建，独立后则成为帝力市的标志性景观。

二〇一九年十一月

茅碧斯小镇登高俯瞰

四面青山孤立丘，欧风小品瓦红楼。
俯看谷底新鲜绿，尽解都城锅里愁。

注：位于东帝汶中部山区，旅游景点。周边以农业为主为首都提供蔬菜等农产品。小镇依山而建，山顶建有葡萄牙风格的酒店及花园。

二〇一九年十一月

菲律宾

国父广场偶成

不惜青春留后尊，高碑塑像驻英魂。
鲜花吻落千秋泪，念记一支源祖村。

注：菲律宾国父何塞（1861年6月19日—1896年12月30日），祖籍福建晋江。为民族独立被捕，临刑前写下诗篇，诗意中的希望之一：坟头长出鲜花，让人亲吻。

二〇〇九年十月

大雅活火山

雨林险道坐骑摇,且探喷君一老幺。
温顺时光清秀美,一湖点绿静藏娇。

注:位于菲律宾首都马尼拉近郊,世界上体积最小的活火山。

二〇〇九年十月

大洋垂钓

船伸蟹脚不为狂,压浪平波自稳当。
垂钓无言舷倚客,小鱼贪嘴放生忙。

二〇〇九年十月

风帆送夕阳

彩霞拥日送西沉,巧驾风帆向红尊。
劈浪乘风追与赶,游翁落日共黄昏。

二〇〇九年十月

沙滩夜浪

夜幕朦胧风剪裁,层层如练暗中来。
惊天动地呼啸至,总把沙滩作舞台。

二〇〇九年十月

弄　潮

万千雪马涌长滩,任我奔腾不用鞍。
盖脸劈头沉大气,浮身咸苦任疯玩。

二〇〇九年十月

印度

泰姬陵（外三首）

白云落地雪铺陵，倒影随波无限情。
不醒泰姬藏美梦，天长地久醉涛声。

注：印度的骄傲，世界文化遗产。印度莫卧尔王朝皇帝沙杰汗，对死去的泰姬皇后极度思念，花费 22 年时间，用白色大理石建成此陵（亦称白陵）。尔后三子夺位，被禁闭于隔河的红堡中，可望不可去。九年后他在相思痛苦中死去，留下了一段印度人称之为"流泪的爱情"。

绝 唱

江山只换泰姬容，红堡白陵生死通。
动地悲歌煎岁月，随波绝唱跨时空。

绝 望

皇冠落地不由衷,满目情波困冷宫。
孤影残灯无月夜,唏嘘老泪叹朦胧。

泰姬陵之夜

夜幕垂波浮镜迟,泰姬素裹照愁丝。
白陵寂寞邀孤月,天地断肠唯此时。

二〇〇三年九月

圣雄甘地墓

油灯墨石矮方台,俯首洒花赤脚来。
不忘亲民身后事,雄天众地共开怀。

二〇〇三年九月

斋蒲尔古堡记

王宫雄霸众山头，大象为骑古道悠。
细刻精雕无话语，任凭向导说春秋。

注：位于新德里西南 250 公里处，历史古都，粉色之城。古堡则在山头上，可骑象旅游，我们则是路过，时已傍晚，匆匆一瞥。

二〇〇三年九月

街头见闻

夜半驱车宾馆行，不时避让不时停。
神牛爱睡街头路，挡道无忧享太平。

二〇〇三年九月

软件公司参观记

楼宇亭栏百艳开,青春一色共平台。
倾听万键争鸣曲,更激精英闯未来。

二〇〇三年九月

无 题

脏乱丛中创业园,笑言内外两重天。
何须惊叹他乡事,大路朝天有慢先。

二〇〇三年九月

尼泊尔

鸟瞰喜马拉雅山脉(二首)

银龙千里舞天西,借翅凌空且猎奇。
不畏游途尽风险,群峰任我比高低。

雄峰列队天生柱,千里银装古卧龙。
注目永恒诗逛客,尽收璀璨照心空。

二〇一一年十月

原始森林漂流

藤缠树影满清幽,顺水栖身独木舟。
落日余辉波闪动,桨边抬起鳄鱼头。

二〇一一年十月

荡舟费蛙湖

木舟随桨荡清风,雪域青山倒影重。
迎面漂来袖珍岛,烟腾小庙欲凌空。

二〇一一年十月

骑象逛密林深处

绿地绿天绿浪丛，生灵雀跃爱留踪。
栖身象背摇如醉，老树伸枝逗远翁。

二〇一一年十月

加德满都老皇宫游记

庙宇皇宫融一片，辉煌不再却留真。
茫茫攒动皆为客，唯有神牛做主人。

二〇一一年十月

小镇风情

瘦体裹裙露男颜，额头背篓女儿肩。
依山梦境随溪去，咖喱留香手指间。

二〇〇六年十二月

不丹

序　曲

绵延雪域奈人何，双翼云摇掠谷坡。
搅散松涛飞鸟梦，古宗迎客化盘跎。

注：全世界到不丹，只有一条峡谷通道，只能乘不丹航空的飞机进入。"古宗"是政教合一的古堡，在机场跑道不远处就有两座。

二〇一五年四月初

春　雪

不意游程独闯客，悠然慢品不丹茶。
春宵暴雨悄悄雪，尽染群峰万绿芽。

注：夜里大雨倾盆，早晨一片清静，好像什么也没有发生。只是窗外山头，已经披上一层淡淡的白雪。

二〇一五年四月

不丹偶成

天堂建在雪峰边，无尽清新聚此间。
古庙经声云雾里，虔诚清欲即神仙。

二〇一五年四月

廷布印象

河谷仰天山几重，佛金塔丽亮皇宫。
彩街融汇多肤色，省却寻常红绿灯。

注：不丹首都廷布建在海拔2200多米的河谷里，人口10万左右，汽车不少，但无一个红绿灯。

二〇一五年四月

普那卡宗

父母合流风水滩，古宗亮丽面千山。
廊桥穿越通幽古，一树菩提春盎然。

注：普那卡宗是不丹最美的古堡，位于父亲河与母亲河的交汇处，建于1637年，几经焚毁，又几度修复，屹立到今。

二〇一五年四月

虎穴寺

一本传说誉满山，大师骑虎探非凡。
萝丝挂柏生幽境，瀑布垂云竖圣幡。
层殿扎根千仞壁，众神受拜五洲缘。
匆匆逛客惊回首，仙境佛门通九天。

注：不丹国内最具声望的寺庙，世界十大超级庙宇之一。海拔约3300米，位于离地900多米的悬崖裂缝里。1692年始建。

二〇一五年四月

不丹感赋

精品微团最是精,游翁独享个人行。
山旋路窄泥流滚,庙隐云深号鼓鸣。
无际松涛秧叠翠,几多村落路分明。
眼前尽似孩时景,难寄乡愁不了情。

注:网上报团,唯我一人,不虚此行,仿佛让我回到了儿时的山乡。

二〇一五年四月

斯里兰卡

海边小镇

银滩金阳泊船闲,鱼市缤纷展最鲜。
眼福更添馋火旺,海风频顾助炊烟。

注:尼甘布是一个海边的小镇,位于科伦坡机场附近,

有斯里兰卡最大的鱼市。

二〇〇六年十二月

绝　钓

木柱栖身苦辣知,风吹日晒浪凌欺。
无妨施展姜公钓,愿者上钩鱼涌痴。

注:斯里兰卡西南海岸的浅海区,海水中竖立着木柱,可以看到渔民坐在木柱的简陋木架上,垂竿钓鱼。他们不用鱼饵,鱼却不时上钩,堪称一绝。

二〇〇六年十二月

马尔代夫

小岛素描

散珠宝岛聚游心,翡翠银滩飘彩巾。
静宇涛声白日梦,艳阳色染异肤身。

二〇〇三年九月

天堂岛(外一首)

树伞遮花藤画墙,蓝天翠浪雪沙床。
风和随意翻书页,留梦三天忆念长。

二〇〇三年九月

再忆天堂岛

天堂岛离天堂近,梦里登临一瞬间。
谁料无情波起啸,哀心千里托云烟。

注：据报道印度洋大海啸时天堂岛受灾，通讯中断，回想一年多以前曾在此住过，无限感慨。

二〇〇四年十二月

白沙滩

层层雪浪化白沙，铺就银滩耀眼花。
忘却忧愁游子梦，母亲怀抱送天涯。

二〇〇三年九月

中亚

中亚无题曲

题记：中亚诸多古城遗址，游览中似乎听到了当年西征战火的诉说。

一路秋风遗址凉,天骄故事见洪荒。
挥戈纵马仇追报,破阵冲关胜越狂。
众力痴心虚霸业,独情愕梦置谜方。
时空浩瀚名声累,漠海夕阳才是王。

二〇一六年九月

古丝绸之路歌

题记:中亚的丝绸古路上,诸多历史悠久的古城遗址,可以看出当年依托丝绸之路而崛起的辉煌。

几度来回感叹长,古今景象已同框。
驼峰异宝东西畅,丝路明珠商贾忙。
默默残垣风怒号,沉沉碎物土松扬。
繁荣无奈硝烟日,但见轮回又曙光。

二〇一六年九月

取经之路

题记：中亚旅行，领略了玄奘取经之路的艰难险阻。

信仰虔诚心泰宁，即逢雨雾自生晴。
佛缘有渡经文远，漠海无帆步履轻。
雪域沙峰陪冷夜，湖边草野追黎明。
千难万险西天路，且作人生大旅行。

二〇一六年九月

哈萨克斯坦

奥特拉尔古城遗址感叹

漠海高坡起浪峰，人商盛况已清空。
重生舍壁方初醒，废立城墙欲再隆。
丝路辉煌生重镇，战神浩荡折弯弓。
悠悠岁月来回客，无语唏嘘寄热风。

注：讹答剌（Otrar），又称奥特拉尔，位于哈萨克斯坦，古代丝绸之路重镇，中央电视台曾为此遗址制作纪录片。因为商队使者450人在此城被杀，促使成吉思汗下决心西征，1919年9月攻打时，又遇到激烈抵抗，5个月后才破城。史称成吉思汗兵困讹答剌。

二〇一六年九月

泰姆格里岩刻观后

千秋风雨未掩埋，一谷岩峰展画台。
垂卷图形谋动态，悬崖沟线巧精裁。
锁眉欣赏心随去，翘首猜谜意自来。
天地空间几回首，纯真刻进众心怀。

注：世界文化遗产。位于哈萨克斯坦最大城市阿拉木图东南200多公里处的峡谷里。多达5000多件的岩石雕刻，创作年代跨越公元前1000年到20世纪初整整3000年。可以想象，古人用原始的工具雕刻出今人仍然赞赏的作品，能不折服！

二〇一六年九月

远望偶成

苍茫云下现高坡,烈日飞沙人入魔。
箭影刀光幻尘起,似闻战地又鸣锣。

二〇一六年九月

乌兹别克斯坦

希瓦古城之黄昏

土黄古色竞深沉,寺塔同描七彩林。
圣境围城本高价,夕阳抖落半城金。

注:始建于公元10世纪,17世纪成为希瓦汗国的首都。穆斯林世界的宗教中心之一。这里保存的古迹和古建筑,土砖结构,土黄主调,看到当年的辉煌。在中亚,有一句古谚语形容它的美丽,谚语说:"我愿出一袋黄金,但求看一眼希瓦"。

二〇一六年九月

布拉哈古城

秋高热浪古来城,人物无常各纵横。
血火风霜千落难,塔陵寺院几重生。
花雕色彩留鲜丽,尖拱方圆见伟宏。
故事颇多新与旧,和平时日又兴隆。

注:乌兹别克斯坦布哈拉古城,具有2500年历史。旧城依然保留昔日的风貌,古老的清真寺、神学院随处可见,曾是中世纪文明的象征。

二〇一六年九月

丙申中秋偶成

东桂可香西域天,一城古韵半游仙。
心怀山水无穷梦,遥望江南送月圆。

注:车到乌兹别克斯坦古城布哈拉,恰逢中秋,晴空万里,特别通过微信给雨中江南的亲友,送上一轮远方的明月,以谢亲友的祝福!

二〇一六年九月

土库曼斯坦

古默伏遗址落日即景

漠海长情似久存,夕阳古堡欲西奔。
奈何天地无同路,淡影依依送彩魂。

注:在土库曼斯坦世界文化遗产——古默伏遗址,巧遇千秋古堡与夕阳同在一个画面,以诗记之。

二〇一六年九月

汗血宝马

漠原深处绿陪沙,寻觅传奇到老家。
昂首嘶鸣神有傲,扬蹄怒视志无涯。
毛装透爽深藏翼,血脉凸张浅现花。
动态生风千里近,近观汗粒探流霞。

注:土库曼斯坦是汗血宝马的故乡。汗血宝马已成为

该国的国宝,也是国礼,其形象被绘制在国徽和货币上。我国唐朝就有记载。马个头不大,皮毛油亮,速度快,耐力好,头小,皮薄,血管浅露,如在阳光下,剧烈奔跑的马,会从肩膀附近流出像血一样的汗液,这应该是称为汗血宝马的缘由。

二〇一六年九月

地狱之门

谁生怒火烤云空,热浪无情似有锋。
洞穴藏魔汹滚滚,沙门吐焰烈彤彤。
驴人信步离三尺,日月浮云躲九重。
放下天堂久居乐,偏寻地狱竟相逢。

注:位于土库曼斯坦沙漠深处,原先是一个天然气田,后塌陷成巨坑。1971年点燃的大火,至今已经46年了,依然熊熊燃烧。高处望去犹如火盆,近观则是火口,热浪蒸人,极为恐怖,被称为"地狱之门"。现在则是该国的旅游景点,因为温度高,无蚊虫,许多游客在此野营。

二〇一六年九月

吉尔吉斯斯坦

伊塞克湖放歌

周峰千韧守天门，云绕雪峰求共存。
铁志求经池冷夜，诗心送友海黄昏。
泛舟欲探深城影，踏草疑惊远客魂。
往事如烟添景秀，游鱼飞鸟共乾坤。

注：伊塞克湖位于今吉尔吉斯斯坦境内，曾是唐朝疆域。海拔1600多米，长178公里，宽60公里，深668米，据说淹藏古城遗址。史上几次战争，湖畔无数血魂。玄奘西天取经路过这里，留下了世界上有关伊塞克湖的最早记载，称为"大清池"；唐代诗人岑参虽未到此，却把它描写成"热海"，留下了《热海行送崔侍御还京》的名篇。

二〇一六年九月

夜宿伊塞克湖畔

夜静沙滩心境平，古今穿越共诗情。
云霞落去星空暗，雪顶回归轮廓明。
电闪天边双映景，雷鸣浪里半吞声。
长风抖落三更叶，梦境依然是送行。

注：今位于吉尔吉斯斯坦境内，高山深湖。曾是唐朝疆域。唐代诗人岑参留下了《热海行送崔侍御还京》的名篇，其中"热海"即此湖。

二〇一六年九月

伊塞克湖晨景

匆匆雨点泡敲波，压顶乌云天不和。
无碍霞光铺路远，一圆红醉正爬坡。

二〇一六年九月

伊塞克湖畔

晴空无奈几云团,偏罩西天雪线关。
彩幕黄昏任屏蔽,只因不醉送君还。

二〇一六年九月

李白出生地碎叶城遗址怀古

跨越天山秋亦浓,唐时豪气已腾空。
征军漠场沙沉骨,城址墙头草晃丛。
醉问三人陪酒月,梦寻五岁诵书童。
长风不意荒原阔,浪漫情怀各始终。

注:位于托克马克市附近,"丝绸之路"重镇,中西商人汇集地,仿长安而建。后湮芜消亡。近年经挖掘,遗址已确定,它还是大诗人李白的出生地。李白在此生活到五岁,他父亲常教他读诵司马相如的辞赋。

二〇一六年九月

碎叶城遗址偶成

雪域深湖大漠风,唐时城廓露残踪。
何须再探生辰地,浪漫豪情此处浓。

二〇一六年九月

塔吉克斯坦

苦盏街头晚餐

街头夜市柔灯光,红酒松馕烤肉香。
城跨千秋未停步,风将热汗付秋凉。

注:塔吉克斯坦古城,已有2500年的历史。

二〇一六年九月

伊朗

诗乡设拉子偶成

银辉清韵漠中城,户户长存似火情。
巷角街心多韵味,此间月似故乡明。

注:盛产诗人,萨阿迪、哈菲兹闻名世界,他们的诗被誉为波斯文学的典范。在大街小巷漫步,清新、秀丽、灵动,充满诗意。

二〇一五年九月

粉红清真寺即景

日照彩窗光色融,千虹交映万花筒。
鲜装丽毯波斯美,独请书尊幽更浓。

注:建于1876年,因为其外墙彩釉色彩中粉红色最明亮,所以被人们称作粉红清真寺。由十多根斜蛇纹柱子撑起的

祈祷厅，窗户嵌着七彩玻璃，地上铺着波斯地毯，小凳子上放着翻开的旧书。当阳光照射进来，色彩、线条完美融合，置身其中感触神奇，瞬间宗教变成了艺术，艳丽呈现出深沉，是陶冶也是享受。

二〇一五年九月

乔赞比尔金字塔游记

蒸人天地偏寻古，岁月千秋乘热风。
老去城池希望在，孩童一脚踩时空。

注：古神庙遗址，3000多年历史，塔前路上留有小孩一个脚印。我们参观时正遇42度高温。

二〇一五年九月

伊朗大诗人哈菲兹陵园祭词

松间留梦春华在，情透名篇佈彩霞。
不朽长眠未离去，诗人走进万千家。

注：墓园位于设拉子市。他是伊朗的李白、杜甫。据说，当地凡有古兰经的人家，就有哈菲兹诗集，而没有古兰经的，还是会有哈菲兹诗集。其墓园就像一个花园，随时可见向他的大理石棺膜拜的人们。

二〇一五年九月

波斯波利斯古城感叹

高门石框唤长风，巨柱残雕临半空。
想象难穷当年景，叹观火海葬楼宫。

注：波斯帝国最伟大的都城，依山而建、气势恢弘。始建于公元前522年，历经三个朝代，前后60年得以完成。公元前330年，被攻占毁于战火。遗址中高耸的圆柱，孤立的门框，精雕的石刻，可见当年之辉煌。

二〇一五年九月

西域中秋留句

独对天高念水乡,回思去岁醉湖堂。
方才顾我中秋月,已送江南进梦乡。

注:中秋佳节,恰逢生日,本应家聚,无奈在外。

二〇一五年九月

感慨

荒丘枯漠藏油海,秀水清萍盖影天。
共享求衡本公道,富贫原创在人间。

二〇一五年九月

格鲁吉亚

斯大林塑像被迁移后的遗址留句

当年塑像已迁空,无碍人心立伟雄。
身后难知非议史,但求在世铸成功。

二〇一五年十月

斯大林故居感怀

小屋曾遮少年寒,留威二战挽狂澜。
几多口水终飘沫,屹立时空却是山。

注:位于格鲁吉亚的哥里市斯大林纪念馆内。纪念馆由三部分组成:纪念馆主楼(展厅)、斯大林故居、一节列车车厢。

二〇一五年十月

山巅偶成

雪峰消瘦恋秋云,云下教堂年岁沉。
相对无言陪日月,苍茫伫立两尊神。

注:格鲁吉亚最高的教堂,在海拔 2300 米的山顶上,面对雪峰。

二〇一五年十月

烟雨古镇游

朦胧古镇潇潇雨,雨里缘逢借伞人。
石路坑洼磨岁月,老车老朽老城门。

注:雨游格鲁吉亚古镇西葛纳齐,忘伞翁喜逢送伞人,遂成此绝。

二〇一五年十月

阿塞拜疆

巴库印象

巨旗独展阔风云,大厦三分火焰身。
少女塔台投远望,海天融汇共蓝神。

注:该国在首都海滨树立一面国旗,长70米,宽50米,据说是世界第二。建有火焰大厦,由三座火焰型的高楼组成。少女塔是千年古迹,可以登顶,塔高27米,为8层圆柱状,塔上每层窗口都有防御设施,可抵抗外敌的进攻。

二〇一五年十月

微型图书博物馆

一馆奇葩眼福缘,藏书敢比小铜钱。
诚心缩字分毫里,创意成书方寸间。
四海陈橱皆细著,五洲列柜尽微篇。
袖珍聚汇开心眼,意境朦胧非醉仙。

注：在首都巴库老城区内，有一家世界上独一无二的微型书博物馆。馆藏微型图书来自64个国家，超过6500多本。多国文字，内容包罗万象，甚至还有中国的连环画等。这些书中最小的只有1枚硬币那么大。

二〇一五年十月

旅友庆生日有寄

多彩秋光巧聚合，四逢生日庆三国。
蛋糕红酒烛光愿，一曲人生快乐歌。

注：二十天的旅程，二十位旅友，竟逢四位旅友生日，其中三位分别在三个国家庆生，另一位是本人生日，但从不庆生。巧合且有趣，不能无诗。

二〇一五年十月

亚美尼亚

古人居住地

洞口满山如蚁穴,孤墙老井见兴隆。
古今居所匆匆客,峡谷塔尖垂冷钟。

注:近代人因避战乱也住过。

二〇一五年十月

访塞凡湖古教堂遭雷阵雨游记(二首)

云海垂波隐教堂,雷鸣雨注虐湖狂。
高深意境峰沉谷,收伞游人笑四方。

浪漫云边风泼墨,雷鸣域外雨敲身。
几回电闪撕天裂,依旧朦胧迎客人。

注:塞凡湖是亚美尼亚避暑胜地,世界最深的淡水湖之一。湖畔建于公元10世纪的哈巴特大教堂,是世界文化遗产。

二〇一五年十月

高加索回首

三分天下任追云，秋彩斑斓才换新。
洞穴空空无后事，教堂历历有前因。
故居久锁儿时梦，城堡常开老态门。
清瘦雪峰迎远客，肥冬过后又新春。

二〇一五年十月

科威特

科威特塔

巍巍国塔冲霄汉，宽广胸怀大丈夫。
重担无妨倚天帅，人间仰望几悬湖。

注：科威特塔是该国的标志性建筑，坐落在海滨大道边，由三座塔巧妙地组成，主塔高达187米，有两个巨型球体；中塔147米，中部也有一球体；小塔113米，是照

明塔。塔上还有旋转餐厅，是集储水、旅游、观赏为一体的宏伟建筑。

二〇一三年十二月

木船酒店

诚心上岸创新潮，富客游愁正可抛。
不意波洋千里涨，金钱梦里任漂遥。

注：当今世界最大最豪华的木船酒店（萨斯酒店）位于海滨，已被列入吉尼斯世界纪录。酒店本身就是一件艺术品，已成为科威特标志性建筑之一。

二〇一三年十二月

海港鱼市

花蟹明虾鱼汇聚，一湾海味各争鲜。
价廉尤叹他乡客，恨不几筐掏现钱。

二〇一三年十二月

沙特阿拉伯

沙特大沙漠千里夜行记

无奈匆匆西向行,苍茫尽处挂黎明。
车行旷漠灯投柱,梦断尘轮路撒坑。
越野千弯悲寂寥,穿山百转惧惊声。
煎熬终结黎明困,不误如期会古城。

注:因导游错记航班时间,傍晚到达机场,飞机已飞走,此后三天航班已无座位。为不误后续行程,决定租车从利雅得连夜赶往红海边的吉达市,穿越千里沙漠,一夜难眠的煎熬。诗为记。

二〇一三年十二月

大漠石头城感赋

曾是绿洲流水清,缘何突变断文明。
沙尘漫卷千秋幔,风雨精雕万态城。

凿墓宽间藏美梦，穿岩窄路过残厅。
皇宫庙宇将寻去，玫瑰余辉追晚晴。

注：又名迈达因萨利赫，位于沙特西北部，5000年历史，世界文化遗产。石头城内分布着众多成片、形态各异的玫瑰色石山。古人们凭借精湛的技艺在山中开凿出宫殿、庙宇、陵墓等，使之成为阿拉伯半岛最重要的历史考古遗迹之一。

二〇一三年十二月

石头城偶成

无情风化无穷景，岩室千秋谁答疑。
风卷沙尘翻史页，流连游客阅无知。

二〇一三年十二月

红沙漠

岛国云天风送冷,慕名前往猎稀奇,
茫茫一色连天际,陪伴霞光艳染衣。

二〇一三年十二月

巴林

巴林城堡

土城沙被漠中眠,一梦醒来重见天。
自许平生五千岁,文明交替续长篇。

注:巴林城堡,依海而建,完全由泥土垒砌,距今5000年历史。世界文化遗产,巴林最重要的旅游景点之一。这座宏伟的城堡占地面积16万多平方米。发掘工作从1954年开始,考古发现,遗址包含了多种文明。

二〇一三年十二月

巴林一棵树

深根盘错龙钟态,面对荒芜尤自尊。
一片绿荫容冷热,孤身极品漠中春。

二〇一三年十二月

参观骆驼园

沙涯威武即驼帮,却负征程落秀场。
叹惜隆峰大长腿,八方另眼镜头忙。

二〇一三年十二月

卡塔尔

多哈印象

油海驮湾天共蓝,彩楼如画似扬帆。
名车大宅豪奢地,银夜何须星下凡。

二〇一三年十二月

卡塔拉文化村之鸽子塔

屹立冲天沙漠黄,木杆土洞歇如常。
文华圣地诚心满,愿景和平示八方。

注:卡塔拉文化村位于多哈海滨,汇集歌剧院、音乐厅、博物馆、露天环形剧场于一体。但最引人注目的还是鸽子塔,上面有很多个洞眼和短木杆,鸽子喜欢在此聚集。

二〇一三年十二月

多哥机场见闻

通明灯火照高楼,半纸签文一对忧。
棒打鸳鸯她被拒,机场夜半别时愁。

注:夜里到达多哥机场办证进关,旅友中一对夫妻的女方被拒签,只好转飞下个目的地。

二〇一三年十二月

阿联酋

迪拜帆船酒店

垂帆天地不巡洋,日月星灯总亮光。
浪漫长风穿夜至,千窗顺访梦沉香。

注:外形酷似船帆而得名,建在离岸边有两三百米远的人工岛上。迪拜地标之一。

二〇一四年一月

迪拜塔

铺金极乐向天寻,四海拼高赢冠军。
一步扶摇八方客,可曾看透几浮云。

注:即哈利法塔,位于迪拜市新区的中心,高828米,世界第一高楼。迪拜地标之一。

二〇一四年一月

阿曼

瓦西柏沙漠冲沙

路即苍茫千里黄,他乡小子技张扬。
陡坡冲顶呼天吼,险脊溜坡卷漠狂。
深陷齐心拼助力,腾空落魄闹惊场。
久违远去青春乐,夜梦轻骑马脱缰。

二〇一三年十二月

沙漠落日

一张醉脸透红霞，步履匆匆沉远沙。
万里客来情谊重，送君送到漠天涯。

二〇一三年十二月

沙漠深处夜宿

沙黄隐退留轮廓，半月明星共夜空。
万籁无声我心语，几行诗句撒凉风。

二〇一三年十二月

阿曼山村有记

漠山腹水漫渠堤，绿满梯田花果稀。
岩上人家亲日月，一方天梦任猜谜。

二〇一三年十二月

野餐奇遇

飞沙一路觅辛劳,地铺车床寄梦宵。
更有牙签当面筷,人生百遇算新招。

注:一天沙漠路程,中饭吃面食,但饭店忘了打包餐具,无奈之际,只好用自带的牙签吃面条,自当笑话。

二〇一三年十二月

也门

萨那古城

游客无多心里愁,高低弹洞刻墙头。
城门静静千秋恋,店铺依依万物流。
塔寺如林方受众,巷街似带久盘楼。
腰刀腮鼓强人味,何日担肩平恨沟。

注:也门首都萨那古城,2000年前就是人类的定居点,

世界文化遗产。男人腰间别着弯刀，嘴里嚼着一种提神的植物叶子，鼓着腮帮象长个肉瘤。

二〇一三年十二月

飞越亚丁湾

海面波光无异同，舷窗透眼觅行踪。
远征战舰今何处，疑是天边几点红。

二〇一三年十二月

亚丁湾晨望

凉波赤脚印沙滩，极目千回是湛蓝。
游子思亲难会面，海风送上我心帆。

二〇一三年十二月

亚丁湾夜思

岛岸云垂听浪语，心随战舰共神驰。
波间强盗行如影，亮剑官兵自有时。

二〇一三年十二月

也门龙血树

岛山石缝扎穷根，冠盖撑天绿更沉。
一刃伤身真与假，殷红滴血是龙身。

二〇一三年十二月

龙血岛山头素描

黑岩乱阵列山头，胖树如瓶裸不羞。
蓝湛苍穹罩清境，今朝疑入外星球。

二〇一三年十二月

黎巴嫩

鸽子岩

大海隆高两石雄,双飞鸽子浪花丛。
硝烟时日知珍贵,天下和平愿景同。

注:贝鲁特市边缘的地中海滨,凸立的两座石头,被称为鸽子岩,寓意和平,渴望和平。它与大海、落日构成一道著名的美景。

二〇一四年一月

巨石吟

万年遗址古谜陈,千吨搬移猜费神。
今辈难知史前力,笑将功予外星人。

注:巴勒贝克神庙是黎巴嫩著名古迹,公元前2000多年修建的这座神庙,以巨石垒成。巨石之最,重达上千吨。

建造时，如何切割、移动，至今成谜，致使有人猜测是外星人所为。

二〇一四年一月

约旦

佩特拉古城

幽幽山谷秃重重，落日添辉玫瑰红。
殿毁封尘朝有续，台坍破座剧无终。
一渠水尽留明道，万洞房余卷暗风。
智慧满城惊叹日，心神融入古时空。

注：世界文化遗产，世界新七大奇迹之一。位于约旦南部沙漠之中，海拔1000米左右，几乎是全在岩石上雕刻、凿洞而成。方圆几十公里内，四周的山壁雕凿有许许多多的建筑物。壮观比宫殿，简陋如洞穴。

二〇一一年四月

塞浦路斯

一万年前的猫头石雕观赏记

古手粗雕风雨磨,猫头认命慢蹉跎。
悠悠万载重光日,昂首无声唱史歌。

注:据说是世界上最早的猫头石雕,收藏于塞浦路斯国家博物馆。

二〇一七年十二月

以色列、巴勒斯坦

无 题

贫困繁华不久违,怨仇相报是和非。
无常战火云游地,枪口留言几显威。

二〇一一年四月

加利利海

天赠荒原一竖琴,琴弹浪曲觅知音。
海平面下深思静,难料人间几祸心。

注:其实是一个湖,总面积166平方公里。该湖低于海平面213米,是地球上海拔最低的一个淡水湖,以色列的主要水源。

二〇一一年四月

加利利湖泛舟望戈兰高地有寄

硝烟散去挂云帆,纵卧湖边梦可酣。
游艇周旋山水景,和平寄意乘春岚。

注:戈兰高地属于叙利亚,它是以色列加利利湖的源头地,面积1860平方公里。在加利利湖泛舟,戈兰高地就横卧在一边。

二〇一一年四月

死海漂浮记（三首）

之一
百里铺床浪不惊，彩肤一色共泥泞。
随心仰卧漂天去，不死余生追晚晴。

之二
浪里投身非短见，波床静卧诵诗篇。
沉浮随意心情好，放纵闲聊我对天。

之三
浮身万众力神张，仰望苍穹觅玉堂。
但见天书云插画，先将此梦寄他乡。

二〇一一年四月

世界海拔最低咖啡馆

阵阵咸腥风晃篷，海平线下有香浓。
沉浮上岸凉追热，霞染咖啡别样红。

二〇一一年四月

|采|诗|天|下|

从约旦过以色列边关留句

六关细审费心忙,蜂拥人群面小窗。
唯恐众夫皆负我,修来苦果亦惊慌。

二〇一一年四月

哭　墙

石垒高墙立地雄,阳光满壁卷凉风。
字条祷告虔诚泪,无数心灵似圣通。

注:哭墙又称西墙,古代犹太国第二圣殿护墙的一段,仅存遗址,长约50米,高约18米,由大石块筑成。犹太教的第一圣地,教徒会到此低声祷告、哭诉,有的还把心愿写在字条上塞进石缝里。

二〇一一年四月

路过巴勒斯坦领土留叹

一方水土两争难,史债堆成仇恨山。
国似飘渺何去处,和平小道百重关。

二零一一年四月

土耳其

伊思坦布尔大桥

长桥驱走散离愁,拱体斜拉跨海沟。
一片云天一片水,古城欢聚亚和欧。

注:博斯普鲁斯海峡将欧洲、亚洲,以及伊思坦布尔市的两部分近距离地分开,伊思坦布尔大桥又把两者紧紧地连接起来。

二〇〇四年十二月

| 采 | 诗 | 天 | 下 |

游博斯普鲁斯海峡（二首）

之一
白轮彩客乐游冬，古堡皇宫动影重。
红叶青松争色艳，砖楼木屋比情浓。

之二
雪浪追穿海峡游，相随左右两邻洲。
风光各异天垂景，水母随波逗白鸥。

二〇〇四年十二月

老皇宫

千载梧桐病态萌，灯垂巨钻却辉荣。
黄金宝座今依旧，不与君王共死生。

注：老皇宫建于1459年，当年主要用于皇家举行仪式及休闲娱乐。现去参观可以看到一个80多克拉的钻石和黄金制作的宝座。

二〇〇四年十二月

新皇宫

奇珍异宝恋皇宫,日夜昏君住梦中。
奢尽终归亡国路,空留贺礼展时空。

注:新皇宫建于1843年,为了显示帝国的强盛,极尽奢华。现展出当年各国的贺礼,包括英国女皇送的重达4.5吨的水晶吊灯,以及中国皇帝送的瓷器等。

二〇〇四年十二月

第四辑　采诗天下之欧洲篇

巴尔干回首

湖海江河山谷坡，大家小户各当歌。
筑城垒塔多秋事，天下霸争民奈何。

二〇一四年十月

东欧行

曾经兄弟各扬镳，国道终非独木桥。
欲问别来当无恙，人们答案挂眉梢。

二〇〇五年十月

欧洲杯决赛欣赏记

白红闪电穿人海，攻守惊雷落草丛。
腿脚威风酷而帅，输赢烈火论英雄。

注：2008 年欧洲杯决赛是北京时间 2008 年 6 月 30 日

凌晨 2:45 在维也纳进行，西班牙队穿红球衣，德国队穿白球衣。

二〇〇八年六月三十日凌晨

挪威

挪威印象

苍松青草追云海，残雪平湖送涧流。
七彩居楼散花艳，房车聚地梦交游。

二〇〇七年八月

生命彩塑公园

妙态神姿喜怒哀，满园真爱百花开。
生之真谛无穷美，携手齐心向未来。

注：坐落于挪威首都奥斯陆，世界最大的人体雕塑公园，展示了600多尊人体塑像，诠释了生命之意义。

二〇〇七年八月

松恩峡湾船游记

石山插树郁葱葱，残雪斑斑恋顶峰。
百里清波海鸥乐，无风亦让夏消踪。

二〇〇七年八月

鸟瞰卑尔根（外一首）

登峰远望大峡沟，海港山城一眼收。
别墅爬坡何处去，万家灯火向星洲。

注：位于挪威西海岸，该国第二大城市，气候温和多雨。

渔人码头夜餐记

黑亮龙虾肥大蟹,白干美酒土鲜啤。
举杯对海开心夜,夜色迟收云雾低。

二〇〇七年八月

▍瑞典

斯德哥尔摩夜景

天地人和二百年,名都风貌脉相传。
彩楼满岛窗灯景,古韵新潮融海湾。

二〇〇七年七月

诺贝尔颁奖晚宴大厅参观记

精英圣殿目标同,拼搏有成方显峰。
遐想无边犹自问,何时此处可腾龙。

二〇〇〇年六月

芬兰

北极圈漫步(二首)

之一
极地蓝天未见星,夜深无色误天明。
孤身漫步追流水,两耳倾听心跳声。

之二
跨过极圈望北方,难寻白夜众星光。
征程呼唤难停步,欲驾雪橇千里狂。

二〇〇七年七月

夜渡波罗的海峡

夜幕低垂罩海沟,长风阔浪渡高楼。
千窗灯火无眠夜,彼岸黎明已露头。

二〇〇七年七月

圣诞老人村

尖顶木楼居老人,红衣慈面一尊神。
留张合影当如意,极地风来冷是真。

二〇〇七年七月

邮寄心愿

置身冷夏北极村,未忘江南烧火温。
木屋邮筒明信卡,清凉一片寄孙孙。

二〇〇七年七月

遭遇黑蚊

极地森林游意浓,黑蚊轰炸紧跟踪。
抱头击掌无逃处,笑望同仁斑顶红。

二〇〇七年七月

奥鲁白昼

半夜太阳才下班,不拉夜幕白天还。
镜头追梦回眸乐,五彩朝霞已上山。

二〇〇〇年六月

冰岛

初会冰岛

延绵积雪盖群山，融化坚冰雨乘烟。
谁道无情迎客礼，阳光透过洞蓝天。

二〇〇七年八月

冰岛如名

高飞万里越重洋，落地游心逛岛忙。
真境如名虽入夏，夏风扑面送冬凉。

二〇〇七年八月

地热喷泉

地热深沉汽冒烟,沸波荡漾又新篇。
雄姿拔地千般美,何惧粉身一瞬间。

二〇〇七年七月

黄金瀑布

雪瘦流肥雾雨凉,冰天磅礴爱张扬。
缘何常挂辉煌幕,万古情缘恋日光。

注:位于冰岛,又称古斯佛瀑布。落差70米,宽2500米,倾泻而下的瀑布溅出的水珠,在阳光照射下一片辉煌。

二〇〇七年八月

蓝 湖

热心献暖涌泉湾,融进晴空共养闲。
四海彩肤欢畅浴,一湖白脸美容颜。

二〇〇七年八月

议会遗址

当年骑马商国事,今日旗飘示后人。
议会千年广场绿,屏风峭壁已生根。

注:冰岛议会最早出现于公元930年,被称为世界上最老的议会。其会场遗址位于现首都雷克雅未克东北约40公里处的公园里。一座像屏风似的峭壁,有30多米高,前面是开阔的绿茵地,构成了露天会场。

二〇〇七年八月

欧洲美洲断裂带

一沟伸展向无边,两岸叠堆断裂延。
若不火山浮海岛,谁知洲际古相连。

二〇〇七年八月

丹麦

安徒生雕像前的追思

十年再会可相识,遥望远方新构思。
童话人生催岁月,孙孙已是大师迷。

二〇〇七年八月

美人鱼

风推海涌一心潮,绽放银花爱比高。
劫难归来无恙美,鱼神仙女聚天娇。

注:美人鱼在丹麦哥本哈根的海边,头部曾被盗,现已修复。

二〇〇七年八月

爱沙尼亚

塔林印象

一身古朴淡云空,无数圆尖冒绿丛。
时代匆匆痕印在,几逢多彩塔烟囱。

注:爱沙尼亚塔林是一座古城,尖塔林立,转型后没有炸掉工厂老烟囱,经装饰与老塔倒也协调。

二〇一〇年七月

露天音乐会场

半月舞台天幕张,绿荫偏爱尽歌狂。
狂欢万众同心曲,展翅单飞向远翔。

注:塔林音乐节广场建于1959年,每年都会举办大型的音乐盛会。它在爱沙尼亚人心中有着特殊的地位,曾举行过特定主题的音乐会,为迈向独立奠定了基础。

二〇一〇年七月

奥林匹克港湾

长风穿透夏凉天,满鼓小帆狂少年。
舵手当年弹泪处,朦胧阵阵荡云烟。

注:1980年莫斯科奥运会,帆船项目则安排在爱沙尼亚的塔林港湾,当时有本国运动员未夺冠而落泪。

二〇一〇年七月

拉脱维亚

里加老城

鸡神散立各翩翩,一屋独蹲猫黑仙。
旧貌新颜追时代,抬头总是赤云天。

注:老城具有中古时代的城市特征,屋顶多用红瓦,屋顶上常有一只闪光的金属公鸡——风信鸡。其中一幢建筑物的标志却是一只黑色的猫,这就是老城有名的猫屋。

二〇一〇年八月

傍晚高楼眺望里加城

满城屋顶披红光,远客孤楼共视窗。
十里江波收晚彩,半杯红酒醉残阳。

二〇一〇年八月

松林民居博物馆

围栏松下纳清凉,草舍悠然待客忙。
木制马车知落魄,家花未败百年香。

二〇一〇年八月

立陶宛

维尔纽斯老城

多元风貌一城融,巷尾街头塔挺峰。
几度硝烟逃劫运,今方回荡古时钟。

注:立陶宛维尔纽斯老城,世界文化遗产。面积3.6平方公里,保留了欧洲多元的建筑风格,古堡与各教派教堂分布密集,形成了独特的城市风貌。

二〇一〇年八月

异国婚礼即景

有缘结对主之家,肃穆厅中拖亮纱。
天地同声福音满,红颜偏爱雪颜花。

二〇一〇年八月

十字架山

几遭风雨又兴隆,十字诚堆一座峰。
岁月悠悠新垒旧,此间场景更凌空。

注:十字架山是立陶宛的一个朝圣地。数百年中,几经焚毁,朝圣者在这里安置十字架等物品,目前已超过20万个!

二〇一〇年八月

特拉盖水上古堡

红堡白帆乌嘴鹅,风轻云淡树扬波。
斑斑文物回眸去,血雨无常即史河。

注:特拉盖是立陶宛旧都,建于加尔瓦湖心岛上的特拉盖城堡为古代众多城堡中的仅存者,立陶宛大公国大公居处,现为历史博物馆。

二〇一〇年八月

白俄罗斯

明斯克独立大街

十里街楼世面荣,精雕细刻著风情。
百年风雨追晴日,独立征程更壮行。

注:首都主要大街,街名是新改称的。几经风雨,被毁、重建,现在名楼群聚,很是繁华,一派旅游风光。

二〇〇六年七月

米尔城堡留句

几多风采一方融,四塔尖峰比亮红。
攻守皆宜心计狠,阴森地狱透腥风。

注:世界文化遗产,位于白俄罗斯格罗德诺州米尔镇,建于第15世纪末,其融合了哥特式、巴洛克式及文艺复兴式等阶段的艺术风格,成为中欧城堡建筑的杰出典范。参观时,当年的地方仍然阴森恐怖。

二〇〇六年七月

泪 岛

一组群雕聚母亲,哭天泣地唤儿孙。
可怜战士青春命,断送异乡飘亡魂。

注:1979年苏联发动的阿富汗战争,白俄罗斯有3000名士兵参战,死亡700多人,后在明斯克湖畔堆岛建碑,由母亲雕像构成。该岛被称为"泪岛"。

二〇〇六年七月

农庄风味

面包沙拉醋黄瓜,腌肉香肠伏尔加。
百年木屋留远客,一餐村味忘天涯。

二〇〇六年七月

松海野趣

抬头松海盖天湖,尖叶层层赤毯铺。
阵阵清风寻与觅,鸟鸣深处采蘑菇。

二〇〇六年七月

路过村野拍照旧风车偶成

主人远去见荒芜,松木风车百岁孤。
阅尽沧桑守乡野,迎来送往草荣枯。

二〇〇六年七月

乌克兰

基辅印象

云空阵雨半遮阳,金顶辉煌几教堂。
巴顿桥横史留彩,空鸣江鸟自由翔。

注:巴顿是该国著名科学家,一百多年前创造的焊接技术至今处于世界领先地位。巴顿大桥就是百分之百用焊接完成的,不用一颗铆钉,已有一百年历史。

二〇〇六年七月

选战即景

四面人潮分派帮,黄兰红绿小旗扬。
安营扎寨非儿戏,几位争王举国忙。

二〇〇六年七月

切尔诺贝利核电站二十周年祭

射线如魔变万宗，无形无影祸无穷。
石棺难困千秋债，一片萧疏对太空。

注：位于乌克兰北部，1986年4月26日发生爆炸，辐射量是二战时期爆炸于广岛的原子弹的400信以上。2006年20周年纪念时我们正好在基辅旅游。

二〇〇六年七月

基辅卫国战争纪念馆母亲雕像感赋

青山绿水百花开，剑指蓝天举盾牌。
母爱无私情意满，和平祈祷盼将来。

注：纪念馆矗立于古老的第聂伯河右岸，母亲雕像是纪念馆的主体组成部分，也是基辅的标志性建筑之一，为纪念卫国战争中牺牲的英雄而建。

二〇〇六年七月

战争纪念馆门前即景

坦克无言如梦中,炮身当马跨孩童。
年轻父母当知否,一代战争埋草丛。

注:纪念馆前摆着二战时的坦克,任人摆拍。

二〇〇六年七月

奥斯特洛夫斯基纪念馆感赋

身残展翅著传奇,勇士精神正在时。
奋斗人生不留憾,无穷受益悟真知。

注:《钢铁是怎样炼成的》一书作者,1904年出生于乌克兰。

二〇〇六年七月

摩尔多瓦

地下酒城

纵横百里洞宫长,深处称王洋杜康。
远离凡尘修炼满,沉香四海醉天堂。

注:离首都基希讷乌市20公里左右的地方,由于建设需要凿山取石,形成了许多地下空洞与隧道,常年温度、湿度最适于葡萄酒的陈酿和贮藏,便利用起来建成了四通八达的地下酒城。总面积约64平方公里,总长度达120多公里。

二〇〇六年八月

俄罗斯

军港流连

深藏利剑边城酷,冰雪难赢不冻魂。
白昼无缘天焰火,却随梦幻闯极门。

注:前往北极,必须从俄罗斯摩尔曼斯克市出发。该市是北冰洋沿岸最大的港市,人口 40 万出头,终年不冻,交通战略位置极其重要,成为俄罗斯最大的军港。

二〇一二年六月

克里姆林宫

辉煌依旧主人新,走进大门听古今。
世上风云多变幻,钟声总伴福灾音。

二〇〇五年十月

红　场

秋风冬冷望红墙，远客镜头对景忙。
似巧寻来最佳点，笑帮尖塔挂斜阳。

二〇〇五年十月

红场秋雨

沙沙一片落秋歌，四海伞花流彩河。
骑警蹄声敲石路，红楼金塔浴天波。

二〇〇五年十月

红场无名烈士墓

漫天雪舞泪花扬，无数英灵铸国光。
浴血钢盔战旗傲，五星赤焰照红墙。

注：建成于1967年苏联卫国战争胜利纪念日前夕，深

红色大理石陵墓上，陈设着钢盔和军旗的青铜雕塑，墓前有一个凸型的五星中央喷出火焰，燃烧不息，卫兵昼夜站岗。

二〇〇五年十月

瞻仰列宁遗容

万里征程一亮星，虔诚瞻仰几回停。
永恒尽在民心里，百姓丰碑自有形。

二〇〇五年十月

海参崴一广场即景

百年风采聚铜身，似立车场一护神。
客自远方留影热，捎来问候尽中文。

注：在海参崴的一座列宁雕像周围似乎成为停车场。

二〇〇五年十月

阿芙乐尔号巡洋舰

精神威武靠江边,一炮走红多少年。
十月凯歌开序曲,今留名舰史垂篇。

二〇〇五年十月

赫鲁晓夫黑白墓碑观感

不耐高寒落魄人,无缘碑立老墙根。
盖棺未定生前事,黑白难分亦冷门。

注:位于莫斯科新圣女公墓。他是前苏共最高领导人当中唯一没有被安葬在克里姆林宫红墙下的一位。雕塑家为他设计的墓碑,由黑白两色花岗岩组成,令人浮想联翩。

二〇〇五年十月

雪夜离开莫斯科

曼舞鹅毛上夜空，无边灯海渐无踪。
今逢初雪花开日，游兴匆匆归意浓。

二〇〇五年十月

德国

访马克思故居

几度莱茵今到家，老楼绿树尽红花。
一生探索无穷境，真理长河浪去沙。

注：马克思故居在德国莱茵省特里尔市。

二〇〇一年八月

马克思恩格斯广场马恩塑像感赋

坐立威雄两巨人,同观远景共驰神。
真经传续新天地,万里红旗一片春。

注:德国统一后,位于柏林的原马恩广场上,马克思和恩格斯的塑像得以保留,马克思端坐,恩格斯站立。本人曾在此留影。

二○○一年八月

贝多芬故居观后感

心存名曲觅源宅,窄院小楼门敞开。
陈列无言观有感,扬其天赋即天才。

注:贝多芬故居在德国波恩市。

二○○一年八月

莱茵河轮渡

一线多邦两岸春,半山古堡望莱茵。
春波漫漫奔南去,汽笛声中过渡轮。

二〇〇一年八月

▎波兰

肖邦塑像前留句(外一首)

远隔洲洋不一家,故乡如画近华沙。
大师树下清闲日,名曲随风飘雪花。

注:音乐大师肖邦,被誉为钢琴诗人,故乡在华沙附近,其创作的世界名曲对我而言只是阳春白雪,故有听名曲如天上飘雪花的感觉。

二〇〇五年十月

肖邦心碑

人故他乡心脏归,教堂一柱竖丰碑。
钢琴流淌千秋曲,不谢鲜花永伴随。

注:肖邦 39 岁病逝于巴黎,根据他的遗嘱,心脏被带回波兰,现葬于华沙三一教堂的一根柱子里。

二〇〇五年十月

在哥白尼故乡喜闻"神六"归来偶成

异乡明月正圆时,神六何方问未知。
忽报归来游子乐,哥翁远望似沉思。

注:神舟六号载人飞船回归时,我碰巧在波兰首都华沙旅游,并在近代天文学奠基人哥白尼塑像前致意,心旷神怡。

二〇〇五年十月

居里夫人故居

铜牌大字显非凡,木制双门虚半边。
列队孩童闹归静,巨人虽去物留言。

注:位于波兰首都华沙,现已辟为博物馆。

二〇〇五年十月

捷克

布拉格查里大桥重游记

侥幸逃灾负重横,史空穿越与谁争。
新王犹记尊加冕,老态关连堡对城。
画影难留今浪漫,时光已助古神萌。
迎风再步多回味,依旧人潮不陌生。

注:始建于1357年,1400年竣工,连接布拉格老城和布拉格城堡,历代国王加冕游行的必经之路。该桥是典型

|采|诗|天|下|

的哥特式建桥艺术与巴洛克雕塑艺术的完美结合。桥上有女神、武士、人面兽身以及兽面人身像等造型的雕塑。其悠久的历史和独特的艺术成为捷克盛名古迹之一。

二〇一〇年八月

布拉格古城

查理桥头望塔丛,教堂宫堡抢晴空。
街楼几代皆留范,各领时光唱古风。

注:布拉格是千年古城,那些带有尖塔或圆顶的塔式古老建筑,无论是罗马式、哥德式、巴洛克式,还是文艺复兴式,都完好地保存着。

二〇〇五年十月

秋之春

百塔扬眉听老钟,自由古韵已相融。
迎来四海观光客,秋彩缤纷春绿浓。

二〇〇五年十月

卡罗维瓦利小城

秋山入画叶飘回,泉涌长廊几购杯。
花鸭追波不惊客,小楼多彩艳成堆。

注:捷克著名的温泉风景区,历史悠久。泰普拉河穿城而过,街道沿河兴建,古香古色。沿街的每股泉水上方都建有长廊,长廊内有水龙头,任由行人边走边喝,即可欣赏又可养生。

二〇〇五年十月

斯洛伐克

多布希纳冰洞

松盖山峦满目青,深藏溶洞百层冰。
高墙挂瀑凌空柱,一片寒心对热情。

注:世界自然遗产,最大的冰洞之一。该洞穴的已知

面积 8800 多平方米，百分八十被冰覆盖，总冰量估计为 12.5 万立方米，冰的厚度达 26.5 米。人们穿着租借来的棉大衣，走进狭长的冰层坑道里，如临玻璃走廊，沿着冰阶走向百米深处的冰渊，迎面而来的是冰的千姿百态，极为壮观。

二〇一〇年八月

霰 洞

神工万古刻年年，雪彩奇姿满洞天。
更有菊花镶嵌美，巧逢君子梦流连。

注：世界自然遗产。斯洛伐克岩洞精彩为世界之最，此洞是精彩之一。霰石是在特殊气候条件下碳酸盐矿物的结晶，镶嵌在洞壁的岩缝上。我们所见的以奶白色为主，菊花状为主，在灯光下璀璨夺目。

二〇一〇年八月

田 野

麦黄草绿散牛羊,树满丘山天线长。
多彩农庄幽与静,田园依旧更风光。

二〇一〇年八月

塔特拉山即景

雪容消瘦夏冰凉,雾起云移不定常。
峭壁冲天本无路,横空跳跃小羚羊。

注:位于波兰、斯洛伐克边境,森林覆盖,是冰斗、溶洞、山湖和悬谷景观俱全的旅游胜地,辟有国家公园。

二〇一〇年八月

匈牙利

裴多菲雕像前感赋

拜会恰逢千里秋,名篇在手伴清流。
满腔热血诗人志,命爱皆抛换自由。

注:裴多菲塑像矗立在匈牙利首都布达佩斯的多瑙河边,右手高举,左手握着诗卷,一派顶天立地的诗人气质。

二〇〇五年十月

蓝色多瑙河追寻

阳光月下自温和,天色未融多瑙河。
百里追寻笑回首,大师心曲涌蓝波。

注:沿匈牙利境内多瑙河旅游,我一直在寻觅蓝色的多瑙河,可惜未能如愿。蓝色只是大师的脑海之波。

二〇〇五年十月

多瑙河月夜泛舟

夜在河中万物空,王城璀璨闪朦胧。
灯桥座座珍珠链,难赠女神飞月宫。

注:女神,指布达佩斯多瑙河岸山上的自由女神像。

二〇〇五年十月

小镇风光

古堡山头风怼吟,临河小镇守浮沉。
一街传统神留韵,四海金钱换匠心。

注:匈牙利沿多瑙河畔的几个旅游小镇,古韵新风,工艺品极具特色。

二〇〇五年十月

罗马尼亚

黑海海滨击水有记

泳罢举杯我辈闲,蓝风阵阵吻腥鲜。
一湾金发波含雪,十里银滩伞怼天。
大汉埋沙追幻梦,小童戏水荡浮圈。
海滨假日天伦满,白艇扬帆向远边。

二〇〇六年七月

吸血鬼城堡游记

倚峰城堡显张扬,山口雄关一代狂。
瞪眼追寻鬼无影,暗梯去处有风光。

注:该国著名景点,传说它是世界头号吸血鬼居住的地方。

二〇〇六年七月

议会大厦

大物庞然气色浓，千窗留叹望云空。
新人难废前朝殿，且驻大员当会宫。

注：世界上面积最大的行政大楼。1984年动工，建造多年，耗资巨大。建筑面积33万平方米，地上11层，地下室3层。

二〇〇六年七月

保加利亚

玫瑰谷留句

云雪争峰山显翠，平川一谷少农忙。
枯黄落叶将归隐，艳紫消魂四海香。

注：汽车经过举世闻名的玫瑰谷，已过收获季节，公路两边玫瑰枝干仍然挺立。

二〇一四年九月

里拉修道院观后

山重水复雪连峰,窄路蜿蜒云雾生。
落叶悄悄知日月,修行此境问心诚。

注:世界文化遗产,位于首都索非亚以南约60公里处。它是保加利亚最大的修道院,始建于公元10世纪,格局严谨,像中世纪的城堡。

二〇一四年九月

斯洛文尼亚

波斯托伊娜溶洞留句

悬空立地精雕画,气象万千生异葩。
中式游思思路广,神仙满洞撒天花。

注:欧洲第二大溶洞,世界自然文化遗产。全长20多公里,只开放一部分,要乘坐十几分钟的小火车到达深处。

二〇一四年九月

布莱德湖游记

碧透山湾万翠流,白鹅黑鸭各生悠。
名峰潜影单睁眼,绝岛浮光几泛舟。
爱系鸣钟沉浪底,情随静塔入云头。
悬崖攀顶餐厅亮,窗外朦胧寄旅愁。

注:布莱德湖是世界著名的湖泊,面积约两平方公里。湖畔密林浓翠,悬崖下的明镜湖面以及湖中阿尔卑斯山的倒影,构成冰玉奇镜,故被称为"山的眼睛"。传说五百年前,一对年轻夫妇在此定居,生活美满。后来丈夫应征入伍,音信断绝。但妻子苦苦等来的却是丈夫战死的噩耗。伤心欲绝的妻子变卖家产,铸了一口大钟捐给湖心岛上的教堂,运送中遭遇狂风,大钟落湖。今天,湖心教堂里的大钟,是后人捐的。

二〇一四年九月

克罗地亚

十六湖公园瀑布群

青山无处不高歌,绿树丛间飞雪波。
伫望银龙坠湖去,沉浮栈道我蹉跎。

注:位于克罗地亚中部,由16个湖泊组成,到处是瀑布。

二〇一四年九月

峡湾小村

彩屋临湾风亦咸,来回海浪逛礁岩。
高桥引路秋来客,红瓦留辉看落帆。

二〇一四年九月

波黑

莫斯塔尔留句

枪洞满墙张眼睛,流干泪水盼和平。
弹空已做圆珠笔,百姓心思永泰宁。

注:波黑(波斯尼亚和黑塞哥维那)的旅游城市,1993年前后发生过残酷的内战,几乎每个家庭都有亲人失去,至今伤痕累累。

二〇一四年九月

莫斯塔尔古桥重生记

石板流连峡谷风,远观方识美凌空。
誓言挺立陪山水,约定飞腾做影虹。
几度硝烟身未死,一朝炮火寿随终。
精修细造原型态,似可安魂慰上穹。

注：古桥横跨在波黑（波斯尼亚和黑塞哥维那）内雷特瓦河上，世界文化遗产。1993年，这座矗立了400多年的古桥在波斯尼亚内战中被摧毁，后在国际组织支持下得以重建。

二〇一四年九月

拉丁桥百年枪声祭

闹市桥横客未闲，尽收史迹镜头篇。
枪声远去时回响，导索人间烽火天。

注：位于波黑首都萨拉热窝闹市。1914年6月28日上午，奥匈帝国皇位继承人斐迪南大公夫妇，在此桥被塞尔维亚民族主义者刺杀，直接引爆了第一次世界大战，史称萨拉热窝事件。

二〇一四年九月

塞尔维亚

贝尔格莱德印象

两河涌汇托明珠,古韵延绵风貌殊。
坎坷无妨新迈步,一方天地再宏图。

注:塞尔维亚首都坐落在多瑙河与萨瓦河的交汇处,极具战略意义。

二〇一四年九月

铁托纪念馆留句

战士征程登帅峰,大旗独树国称雄。
奈何散伙东西路,一馆时光留铁翁。

注:南斯拉夫总统(1892 — 1980),南斯拉夫联邦的缔造者,不结盟运动的创始人之一。南斯拉夫于1991年后解体,变为六个国家以及科索沃。

二〇一四年九月

骷髅塔观后

魔鬼出笼万恶浮,一墙眼洞冒深仇。
古今弱族无情祸,不意硝烟几断头。

注:二百年前,奥斯曼帝国入侵者把近千名塞国反抗者的头颅砍下来,筑成一个塔,即骷髅塔。

二〇一四年九月

雷雨伤心地

魂留深处草铺坪,雨骤雷鸣天怒生。
血账刻存心痛处,神州众志已成城。

注:中国驻南斯拉夫大使馆被炸现场,已成为一片草坪,边上立有不锈钢纪念碑,凭吊时恰逢雷阵雨。

二〇一四年九月

科索沃大街偶成

战火催生立户头,海空飞弹劈鸿沟。
一方塑像街头景,却铸贫乡恨与仇。

注:原为塞尔维亚的一个自治省,欧洲最穷的地区之一。一场战争后"独立",命名克林顿大街并建塑像。

二〇一四年九月

黑山

黑山印象

黑名不黑绿平常,古镇如珠亮闪光。
傍水依山景中景,深沉史韵著篇章。

注:黑山是从前南斯拉独立出来的小国,面积1.38万平方公里,人口约63万。该国古镇如串珠,令人应接不暇。一口气饱览黑山哥、科托尔、布德瓦、切蒂娜四个古镇,

其中布德瓦已有2500年历史,科托尔则是世界文化遗产。

二〇一四年九月

科托尔古城（外一首）

石街幽静塔方尖,堡垒城墙锁雾间。
一带围河相识早,清波倒影共云天。

注:科托尔古城,世界文化遗产。其中城墙、护城河布局似曾相识。

二〇一四年九月

科托尔海湾遭遇雾天偶成

谁拉雾幕罩名湾,隐我山间海景观。
未了游缘无尽处,朦胧幻境更波澜。

注:如在晴天,可在此欣赏海湾、古城以及依山傍水

的地中海风情。

二〇一四年九月

桥

桥战惊魂直到今,英雄已入少年心。
青山更绿溪推浪,无畏精神何处寻。

注:南斯拉夫电影《桥》,在20世纪70年代给我们留下了深刻的印象。《桥》之桥,即黑山的塔拉河谷大桥。1942年,游击队炸毁此桥,阻断德军退路,几年后修复。当年看《桥》的青年,正老矣。

二〇一四年九月

马其顿

奥赫里德湖偶成（外一首）

湖宇湛蓝山自绿,粉墙红瓦比新陈。
峻高古堡长生树,迎送匆匆四海人。

乘船经过铁托临湖别墅感叹

一代强人终谢幕,多邦弱户始开篇。
合分本是人间事,山水依依总恋连。

二〇一四年九月

希腊

巴特农神殿

雅典娜神居卫城,冲天石柱显恢弘。
美人雕像残留貌,任尔遐思飞史空。

注:希腊最著名的神殿之一,位于雅典老城区卫城中心,建于公元前447—前438年,有"希腊国宝"之称。

二〇〇四年十二月

波塞东海神殿(二首)

之一
水天一体色朦胧,弯月扬帆冷夜空。
神殿偏留双列柱,金辉傲立海边峰。

之二
爱琴海面浪波平,残柱千秋尽刻名。

一抹晚霞添画意，拜伦两字亮诗星。

注：希腊最著名的神殿之一，在雅典附近的苏纽海角，面向爱情海，该庙只剩下两排石柱。石柱上留下许多刻名，英国大诗人拜伦的大名也在其中。入夜，灯光给石柱镀上一层金辉，真正给人们以"傲立时空"的感觉。

二〇〇四年十二月

阿波罗神殿遗址

可是悬崖塌了天，辉煌毁灭半山间。
七根残柱高低叹，千古刻文留代言。

注：希腊最著名的神殿之一，位于雅典北部的德尔斐。阿波罗是古希腊人信仰里的知识之神，该神殿是 2500 多年前古希腊最辉煌的神殿，遗址现只剩下 7 根长短不一的柱子和残石上，幸好上面刻有许多文字，可供今人研究。

二〇〇四年十二月

世界肚脐眼

山路追寻亮点坡,朝天锥石似陀螺。
八方拥抱祈嘉运,我却留诗助打磨。

注:有世界肚脐眼之称的德尔菲位于雅典北部,其象征即是一个高约 80 厘米、直径 50 厘米的石头圆锥体,据说拥抱它可以得到好运。

二〇〇四年十二月

德尔菲古竞技场

石门残迹留方柱,石座成排现古颜。
百米场空迎远客,青松陪我跑三圈。

注:德尔菲位于雅典北部山区,该竞技场建在山顶上,是世界上最早的体育场地。

二〇〇四年十二月

皮奥达鲁斯圆形古剧场

矗立苍松一片天,万人石座半弧圆。
场心击掌声声聚,却引飙歌音不全。

注:位于希腊伯罗奔尼撒半岛,该剧场有2500年历史,现在还在用,可容纳一万多名观众,是世界上最大的古剧场。

二〇〇四年十二月

夜赴奥林匹亚

岛月弯弓奈我何,照明百里累奔波。
奥林匹亚迎冬客,圣诞街灯不夜河。

注:位于希腊伯罗奔尼撒半岛上的奥林匹亚是现代奥运会的发祥地。

二〇〇四年十二月

奥运圣火取火处

神殿废墟残柱留,传承圣火此源头。
一方净土阳光聚,少女纯情飞五洲。

注:在奥林匹亚遗址宙斯神殿前,有一长五六米、宽两三米的地方,放着几块条石,即是现代奥运会取圣火处。

二〇〇四年十二月

爱琴海湾(外一首)

岛上青山恋碧波,爱琴海港泊船多。
和风艳日神仙地,散漫彩楼爬满坡。

爱琴海夜景

远岸灯光亮彩河,巨轮闪烁聚巍峨。
几方小岛漂浮影,更使群鸥逐冷波。

二〇〇四年十二月

阿尔巴尼亚

地拉那街头素描

圆头碉堡腹中空,无序涂鸦色彩浓。
时代留痕我留照,闲翁笑对似重逢。

注:该国一特色景观,即山头、街头建有许多水泥碉堡,是当年全民备战、步步为营的产物。老人们对中国游客友好,常以微笑致意。

二〇一四年九月

初进阿国印象

群峰远立天垂盖,一展平川恰是秋。
未见山鹰翱翔景,大巴却步让黄牛。

注:从黑山驱车进入阿尔巴尼亚,一路山区。进入阿国后,大山往两边退去,出现了一片长长的平原,路况尚好。

这就是山鹰之国。

二〇一四年九月

路过霍查住所

围栏斑锈闭门窗,但见脏池院子荒。
自小知名大人物,游经居处叹凄凉。

注:霍查(1908—1985),阿尔巴尼亚前领导人,领导该国达四十余年。

二〇一四年九月

无 语

曾经欲建永恒碑,一夜改朝留是非。
新旧殊途风貌在,时空淡去一时威。

注:地拉那有一处建筑,形似金字塔,原来是作为霍

查纪念馆用的。东欧剧变改朝换代后，就改作他用了。

二〇一四年九月

英国

题剑桥之小桥照

源远流长古韵波，楼窗老态影婆娑。
青春创意才华涌，木架小桥堆几何。

注：20世纪末，参观剑桥大学，并在一座小桥上留影。后来才知道，这是多座横卧在剑河的小桥中最著名的数学桥，桥上图型、角度充满了几何学原理。

二〇二一年八月

伦敦塔桥

双塔桥横都正门,古装一色显精神。
敞开胸襟通而畅,破浪前行万吨轮。

注:位于英国伦敦,横跨泰晤士河,一座上开悬索桥,200多年的历史,有"伦敦之门"的美称。

一九九八年六月

参观古堡偶成

一段春秋故事长,匆匆路过走临场。
透观昔日奢华景,贵族平民隔几墙。

注:在苏格兰首府爱丁堡、最大的城市格拉斯哥,到处可见到历史悠久的古城堡,经过时难免一逛。

一九九八年六月

高尔夫球的发源地苏格兰草原留句

缓坡阔野小花香,见识白球源赛场。
潇洒挥杆八方乐,孤留古堡牧牛羊。

一九九八年六月

穿越英法海底隧道

一洞如龙卧海深,瞬间我辈已渊沉。
笑言头顶翻天浪,怎奈快车穿透心。

一九九八年六月

爱尔兰

冬 晨

白鸥冷水争晨曲,绿草枯枝竞彩冬。
爱学大洋脾气怪,瞬间雨雪又晴空。

二〇〇二年二月

荷兰

老风车

日夜迎风手臂长,一生转动不言忙。
筋疲力尽休闲日,合影如流缘四方。

二〇〇一年八月

比利时

滑铁卢

山头胜者铸雄狮，败将跟前花艳枝。
功过千秋由史论，人间百态各心思。

注：败将指拿破仑，在滑铁卢山脚下马路对面有一尊小小的雕像，常有献花。

二〇〇一年八月

卢森堡

大峡谷

谷底如坪铺绿毡，松垂峭壁又遮天。
风声鸟语多方客，楼塔缤纷欲抢巅。

二〇〇一年八月

法国

艾佛尔铁塔

远望修天云架梯,登临笑看扁巴黎。
钢筋铁骨凌空志,亮丽千身聚彩迷。

二〇〇一年八月

塞纳河夜景

塔影楼身半月明,人声十里旧桥横。
歌随舞转巴黎夜,水顺灯流不夜情。

二〇〇一年八月

蓝色海岸科技园(二首)

题记:法国尼斯以西可以望见海的群山里,三十多年前就开始了规划建设一个名为索亚非的高科技园,目前占地二十多平方公里,已成为风景如画的欧洲科技中心。

之一
精雕细刻顺其然,世纪蓝图重似山。
心血卅年方满意,人文风土第一园。

之二
群山怀抱百家楼,数万精英自五洲。
绿树丛中听大海,如潮灵感写春秋。

二〇〇二年二月

摩纳哥

摩纳哥

蓝宇青山雪浪花,海滨一线国连家。
辉煌拼比金钱醉,博彩天堂梦紫霞。

注：世界袖珍国之一，三面被法国包围，南濒地中海。面积 2.02 平方公里，人口 3.8 万，以博彩业为主。

二〇〇四年十二月

西班牙

斗　牛

不定雷鸣狂叫欢，人牛混战尽生寒。
难收红眼终归祸，但惹游心即景观。

二〇〇二年三月

巴塞罗那印象

银滩顿足探深沉，昂望云天现塔林。
怪屋人家百年景，倾城收获五环心。

注：西班牙第二大城市，极富个性和魅力，阳光沙滩，建筑艺术之都，1992年第25届奥运会在此举行。这座城市将古老建筑和现代风格融合在一起，却因一百多年前的天才设计师高迪而闻名于世。

二〇〇二年三月

望岩山

浑身警觉海中浮，大力神姿望两洲。
日夜无常三面浪，掏空五脏任图谋。

注：直布罗陀（英占）位于伊比利亚半岛南端，三面临海，面积约6.5平方公里。其426米高的被称为"大力神之柱"的岩山，被英国人用作防御工事，修建了隧道系统，但这不影响它傲立海空。

二〇〇二年三月

葡萄牙

贝伦塔

浪中城堡巧精工,却是古来方塔峰。
笑已不分开眼界,一排铁炮静言中。

注:位于里斯本港口,是里斯本的象征,已有500多年历史,世界文化遗产。整个塔看起来更像是一座小型古城堡,从陈设有炮台和大炮看,实际上起着城堡的作用。

二〇〇二年三月

欧洲之角

塔观四海往来舟,洲尽悬崖怼激流。
碧浪生花欢乐曲,长风净宇任抛愁。

注:位于葡萄牙里斯本附近约四十公里处,一处狭窄的悬崖,却是欧洲大陆的最西端。所以常常被人们称为是"欧

洲之角"。人们在此建了一座灯塔,指引航道。

二〇〇二年三月

安道尔

安道尔

初雪斜阳冷暖流,名牌满目欲何求。
远君不意纷奢景,美在闲翁寿不愁。

注:世界袖珍国之一,面积468平方公里,人口8.5万,旅游、商业发达,还是世界上国民预期寿命最长的国家之一。

二〇〇四年十二月

瑞士

瑞士风光

群山草毯插花鲜,独院人家绿满天。
常驻春光无限好,咖啡古堡聚悠仙。

二〇〇一年八月

日内瓦湖

冰雪消融河送流,蔚蓝百里映霞楼。
喷泉澎湃帆扬画,破浪迎风日月舟。

二〇〇一年八月

列支敦士登

列支敦士登

旧木廊桥跨界门,半山宫殿显幽尊。
都城如镇何需大,邮票天堂本袖珍。

注:瑞士与奥地利两国之间,世界袖珍国之一。面积160平方公里,人口3.79万,邮票业发达。

二〇〇四年十二月

奥地利

维也纳金色大厅

红黄墙内启天门,金碧辉煌聚女神。
四海歌喉朝圣殿,心声无界唱阳春。

注:金色大厅是维也纳最古老也是最现代化的音乐厅。

外墙黄红两色相间，屋顶上竖立着许多小巧的音乐女神雕像。大厅里两侧矗立着多座金色女神雕像，一派金碧辉煌的景象。

二〇〇四年十二月

意大利

西西里纪行

黑手兴衰久盛名，深沉史景共和鸣。
云梯架海追游趣，雪径垂峰探怒情。
断柱横梁神话远，华窗彩壁主音轻。
辉煌圣殿真歌剧，小镇悠然古韵行。

注：西西里岛面积为 2.5 万平方公里，人口为 500 万，是地中海面积最大的岛，也是人口密度最大的岛。该岛曾是黑手党的老巢，但旅游资源丰富，火山、雪峰，还有世界文化遗产古希腊神殿谷、王室山大教堂，以及意大利第一大歌剧院等。

二〇一七年十二月

古希腊神殿谷

坍墙塌顶只缘空，排柱依然立威雄。
古道斜阳残石梦，辉煌已远影朦胧。

注：神殿谷是西西里岛的一座山丘，地势险要，一面可远眺阿格里真托市区，一面坐拥山谷的绿地，眼界十分开阔。山头排列着古希腊神殿遗迹，可以想象当年的神殿雄伟高大，气势非凡。

二〇一七年十二月

西西里火山

沿途雪景探名山，咫尺难攀热力巅。
早晚霞飞牵眼线，清浓雾动扣心弦。
多回怒口坑罗列，几度焦坡藓聚圆。
玩世不恭真野性，出人意料再冲天。

注：埃特纳火山，位于意大利西西里岛东岸，海拔3200米以上，为欧洲最高活火山。

二〇一七年十二月

土耳其台阶

海浪操持工匠刀，精雕细刻累朝朝。
终成大作千秋景，巧架天梯任迩遥。

注：位于西西里岛西南的阿格里真托海边。由于地中海海浪冲击和烈日暴晒，在石灰岩悬崖表面形成了一级级波浪形的白色纹路，如悬崖台阶。至于为何叫"土耳其台阶"，有多种说法，我赞同像土耳其人的盘旋头巾。

二〇一七年十二月

随火山熔岩平移之房顶感叹

倾泻熔岩万物焚，竟留楼顶未归尘。
漂移十里知天命，劫后诚当守护神。

注：西西里奇观，一幢房子随火山熔岩漂移，凝固时只留下屋顶，现已成为当地的守护神。

二〇一七年十二月

圣诞节登火山之小愿景

顺路熔岩攀雪涯,火山口上罩云纱。
今朝可否轻微怒,且作欢闲小礼花。

二〇一七年十二月

古罗马斗兽场重游记

断壁残垣记百苛,求生人兽死方和。
时空雨湿皆魂泪,岁月风干尽血波。
明座犹浮狂态影,暗厢似现杀心魔。
古来奴隶千磨难,坎坷追寻平等歌。

二〇〇四年十二月

威尼斯水巷荡舟重游记

岸即高墙一缝沟,里通外海涨消愁。
精心慢桨船夫曲,荡起水城摇小舟。

二〇〇四年十二月

比萨斜塔偶成

无言站立累年年,欲卧不能铁索寒。
愈是身残愈招喜,当红名胜太辛酸。

注:斜塔维修,四面由铁索固定。

二〇〇四年十二月

庞贝古城(三首)

之一:劫难
揪心除却火山灰,一座焦城炼狱归。
石路车痕繁盛地,千墙丽彩竖灵碑。

注:公元79年,维苏威火山爆发18个小时后,火山灰将古罗马帝国最繁荣的城市庞贝城掩埋。经过一百多年的发掘,现已成为世界著名的旅游胜地。

之二:一片小瓦
镶嵌墙头微景观,一弯小瓦盖灰砖。

笑言可是江南造，人类奇思各远宽。

注：庞贝古城两千年前的小瓦，竟与我国江南的小瓦如出一辙。

之三：母爱顶天
化朽躯身留瞬间，惊魂惶恐挂悲颜。
倾心护卫孩儿梦，母爱如峰敢怼天。

注：人被炽热的火山灰罩住，尸骨融化、腐烂，形成了各种人体形态的模型空腔。考古学家把石膏液灌进这些空腔，再现了受难者临终时的各种姿态神情，特别是母亲紧抱着孩子、全身心护卫的场面，令人震撼。

二〇〇四年十二月

圣马力诺

圣马力诺

横空陡峭立孤山,欲载国都飞上天。
古堡有心兵器展,情怀今古笑绵延。

注:位于意大利的国中国,欧洲最古老的共和国,也是世界上最袖珍国家之一。面积61平方公里,人口3.2万,首都建在一座孤山上。

二〇〇四年十二月

梵蒂冈

雨中游

大殿深沉聚教雄,游人信客路殊同。
无边豪雨长风冷,空旷广场飘伞踪。

二〇一七年十二月

即 景

广场建筑见恢弘,一扇高窗挂布红。
信众虔诚皆伫立,教皇布道雨蒙蒙。

二〇〇四年十二月

马耳他

小蓝窗游记

怒浪冲腾峭壁穿,门窗景涌海蓝天。
游鱼飞鸟同框越,半醉时空半做仙。

二〇一七年十二月

大蓝窗坍塌后记

慕名来客五洲风,美在天蓝卧石虹。
怎奈不堪风浪狠,一朝逝去景遗空。

注:2017年2月,马耳他最大的世界著名的戈佐岛蓝窗坍塌,美景亦清空。

二〇一七年十二月

第五辑 采诗天下之非洲篇

非洲行

八方心愿老当酬,夜尽飞临幕未收。
雾雨蒙蒙灯暗淡,更添神秘到非洲。

二〇〇四年三月

启程南部非洲之旅

题记:2017年8月11日离开苏州,12日从广州出发,当天到达内罗毕,再转机前往岛国科摩罗,开始了南部非洲之旅。

披星戴月望霞红,不意飞身已万重。
圆我采诗天下梦,追寻精彩唤长风。

二〇一七年八月

又到非洲（四首）

之一
万里飞临不意天，长风雨雪盛花颜。
无非再度江南酷，不碍游踪再续篇。

之二
贵雨中来逢季雨，旱涯竟有泡汤时。
纷纷不似江南润，大灌匆匆草木痴。

之三
越过春天去热洲，迎来却是更寒飔。
花时来者江南客，一件绒服笑解愁。

之四
已弃春寒奔暖阳，一朝宿地雪张扬。
冬归未遇江南白，却见天涯披素装。

二〇一九年三月

埃及

卢克索太阳神殿遗址诗记

闹市喧声今古同,马车舟楫泛时空。
方尖碑石图文茂,坐立神尊像态雄。
廊道花窗通盛气,狮身人面卧威风。
八人围抱冲天柱,神庙曾邀古彩虹。

注:卢克索太阳神庙始建于五千多年前,几经扩建,规模宏大,至今保存着许多根埃及典型的方尖碑;神殿石柱犹存,八人才能合围;还有狮身人面石像依然列队迎客。

二〇〇四年十二月

卢克索夜景

长街小镇古今连,大马花车响脆鞭。
灯彩流辉神住殿,客船倒影月波天。

注：埃及古城，曾经是埃及的中心，位于南部尼罗河东岸，因埃及古都底比斯遗址在此而著称，被誉为地球上"最大的露天博物馆"。

二〇〇四年十二月

帝王谷

珍宝堆中睡石棺，天堂如画欲游还。
帝王难舍春烟梦，一谷金身几秃山。

注：古埃及法老原以金字塔为墓葬，后因盗墓猖獗，改为在山中挖洞深葬。卢克索附近的帝王谷，就是埋葬60多位法老的地方。由于环境变迁，寸草不长，一片光秃。已开放的墓穴，都有长墓道，画满彩色壁画。

二〇〇四年十二月

采诗天下

金字塔前的问答（二首）

问

浑然一体傲空间，巨石如云垒上天。
古史长河疑有漏，为何不记古神仙。

答

仰望巍巍远古身，四方三角气凌云。
沉思良久方惊悟，立地撑天是众人。

注：金字塔的每一面都是由等边三角形组成，恰似四个汉字的"人"字靠在一起。

二〇〇四年十二月

金字塔夜景

星藏浩宇梦云浓，塔影沙原共朦胧。
天地忽开三角洞，谜团飞舞乘冬风。

注：夜幕下的金字塔如同一个巨大的三角黑洞，给人

以神秘之感。

二〇〇四年十二月

荒漠之夜

尼罗河月洒银辉,荒漠长风夜幕垂。
背靠巍巍金字塔,狮身人面露苍悲。

二〇〇四年十二月

人面狮身像前看激光表演

荒漠激光秀彩云,人狮塔影夜来昏。
述言远史如催梦,厮杀声中会古魂。

注:狮身人面像前的激光表演,图文并茂,用古代当事人的口气述说血腥的历史,置身此境,真真假假,如坠梦中。

二〇〇四年十二月

| 采 | 诗 | 天 | 下 |

尼罗河夜舟游

尼罗河月挂弯弓，桥岸灯光荡彩虹。
歌舞夜宵风味重，行舟漫漫古今融。

二〇〇四年十二月

飞越撒哈拉沙漠上空有感

百流断迹绕沙坡，死气沉沉风卷涡。
惊现一江铺玉带，尼罗无愧母亲河。

二〇〇四年十二月

阿尔及利亚

杰米拉古城遗址

辉煌不再已封尘,断壁残垣留万珍。
一拱城门风守境,半圆剧场座空人。
教堂立顶高通主,圣殿居中近拜神。
遍野石文皆史页,兴衰故事可存真。

注:杰米拉古城建于公元一世纪,坐落在北非塞蒂夫省900米高的山丘上,它使阿尔及利亚成为拥有世界上最壮观的古罗马遗址的国家之一。

二〇一九年三月

毛里盖尔马温泉瀑布游记

远处即闻硫味浓,诚心贡献热无穷。
山坡起灶蒸腾急,洞穴开锅闯荡疯。
久刻悬崖雕透景,长流瀑布画藏虹。

恰逢飘渺温馨境，洗却游尘欲乘空。

注：因温泉流淌而形成的瀑布，可见温泉之丰富。作为温泉小镇，盖尔马自古就美名远扬。温泉温度高达90多摄氏度，据导游说世界居第二位。

二〇一九年三月

大漠帝王墓

大漠坟丘自立峰，帝王尤爱未来宫。
醉歌梦舞生难静，动众兴师死未终。
千载消磨多塌陷，百灾劫难几堆丛。
穿梭有幸留残貌，且伴游人逛史空。

注：行驶在该国的大沙漠中，不时可以看到不同时期的帝王墓，多数已废。

二〇一九年三月

君士坦丁城感叹

四面矮丘围突山，溪流依旧水潺潺。
城登绝顶尖峰直，云落街头险路弯。
万韧悬崖围壁垒，双桥挂索守天关。
侵军难怪千攻败，今日攀城知瞬间。

注：北非名城，建在海拔650~700米的平丘孤峰上，通过两座大桥与其他地区相连。公元311年被毁损后，在君士坦丁大帝时修复，故名。1837年，据说法国人进攻数百次后才得以占领。

二〇一九年三月

古罗马集市留句

集市石墙围见方，繁华主品布和粮。
惊奇斗尺公平处，但见奸商自古狂。

注：集市有专门的条石柜台，石头面上刻有大小斗、量尺，以供复核。

二〇一九年三月

摩洛哥

卡萨布兰卡市印象（外一首）

喷泉闲鸽舞穿翔，古典氛围人聚场。
名寺辉煌收浩瀚，航灯独傲待浑茫。
独家川菜千般辣，沿岸咖啡十里香。
谍影重重疑远近，随风浪语耳边凉。

醉咖啡

西洋岸座敞胸怀，品味浓浓笑口开。
苦尽甘来如醉酒，潮龙卷浪入杯来。

注：位于北非摩洛哥西部的大西洋沿岸，摩洛哥最大的港口城市、历史名城、旅游胜地。来此不只是因为它是《北非谍影》的拍摄地，而吹海风、听潮浪、醉咖啡的感觉也很好。

二〇一九年三月

突尼斯

遗址之叹

废墟上下两重城,惊叹当年各伟宏。
殿宇权尊生倚醉,工场奴隶血浇荣。
穷凶不敌春秋剑,极恶难逃怨恨坑。
几度硝烟兴与毁,无言山水伴苍萌。

注:世界文化遗产。迦太基城最早为腓尼基人所建,后因战败于罗马帝国,被焚毁消失。后来罗马人在废墟上重建新城,即现在看到的城市遗址,遗址之下还是遗址。

二〇〇七年七月

又是斗兽场

遗威壁立久张扬,强盗追欢变态狂。
戮虐声声悲逗乐,人间血剧古连场。

注:世界文化遗产。埃尔·杰姆斗兽场是古罗马帝国

在非洲留下的一座著名建筑,由奴隶从数百公里以外开采运来的大石块砌建而成的,可容纳四万名观众。建成后,在众目睽睽中却不断地上演着人杀人、人斗兽的悲剧。

二〇〇七年七月

毛里塔尼亚

欣盖提古城

活力尤存几小娃,漠深古镇有鲜花。
宽街窄巷沙铺路,小院高墙石垒家。
塔立方尖孤愿久,经推至理众心华。
登高雀跃谁挥笔,隐约天书书晚霞。

注:世界文化遗产。位于毛里塔尼亚首都东北约600公里的沙漠深处,始建于公元12世纪,北非和欧洲之间沙漠商队的必经之地。曾经拥有一所图书馆,收藏以古兰经为代表的各种图书,逐渐形成一个宗教和文化中心。

二〇一九年三月

大漠奇山叹

外星在此展平台，万劫蒙尘墨泼开。
峭壁滑坡堆弧肚，群峰断裂积板材。
岩留古画魂尤在，洞垒新窝鸟未回。
死境精灵寻活路，人生坎坷岂空哀。

注：在该国首都努瓦克肖特前往欣盖提古城的途中，汽车翻越一座高山，但见群峰散架，黑色石板堆垒，其中一个石洞里，既有六千年前的岩画，又有新筑的鸟窝，感触万端。

二〇一九年三月

大漠溪流

题记：大漠秃山中，忽现一谷青翠……

满谷鲜花椰枣丛，沙池戏水裸男童。
溪流不问源何处，云下高耸一秃峰。

二〇一九年三月

塞内加尔

玫瑰湖

远客追星跨九重,含羞照面似相逢。
波中黑白添多彩,共衬千秋浪漫红。

注:喜盐生物菌类在高浓度盐分的盐湖中旺盛生长,产生了一片令人沉醉的粉红。

二〇一九年三月底四月初

与狮共趣

同框已是忍心惊,持棍同行步更轻。
不借威风图野趣,此时王者可知明。

二〇一九年三月底四月初

玩狮之七律

轻身贴近压心慌,手欲抚摸伸半凉。
铁爪磨锋凶寓静,金毛披发柔遮狂。
獠牙血口腥风洞,瞪眼花容霸气王。
王者居然陪散步,三千忐忑聚风光。

二〇一九年三月底四月初

戈雷岛再祭

清幽小岛炮成排,奴隶居迎稀客来。
众锁牢笼真桎梏,独囚暗洞活棺材。
明枪溅血冤魂聚,暗道登船地狱开。
回首不堪磨记忆,后生远走不思回。

注:又一次参观戈雷岛,此地成为旅游胜地,不是因为风光,而是记载了被殖民的苦难历史。该岛四面环海,奴隶一旦进入万难逃脱,因此从1536年开始,西方殖民者在岛上相继兴建了39座堡垒。现在仅存的一座奴隶堡是坚固的木石建筑,楼上是奴隶贩子们的住所;楼下则是一间

间奴隶囚室,五六平方米(其中小号只有两平方米左右),阻暗、潮湿、肮脏。每间关押15至20名奴隶,奴隶被戴上手铐、脚镣,系上十余斤重的大铁球。奴隶堡底层,有一条阴森森的通道,直通波涛汹涌的大西洋,贩运船等在那里。据统计,历史上至少有2000万黑人奴隶从这里被转卖出去,有500万人死于岛上或船上。

二〇一九年三月底四月初

戈雷岛留句(外一首)

苦浪悲风卷土尘,汪洋浮狱冷波粼。
锈斑钢炮今聋哑,一岛冤魂海葬身。

奴隶转运站参观记

石牢困境暗中哀,手铐铁球人肉堆。
黑洞门通不归路,西方强盗运横财。

二〇〇七年七月

冈比亚

中冈友谊林

浪涌千层波退平,沙滩列队绿苗青。
来年漫步林荫道,大树深根叙友情。

注:位于西部大西洋沿岸地区,国土面积约为10380平方公里,人口约180万。2016年3月17日,中冈两国恢复大使级外交关系。

二〇一九年四月

小国吹牛王

欲用千兵虐地球,天涯小国养狂牛。
牛王难改贫穷貌,浪聚民心已覆舟。

注:冈比亚是位于非洲大西洋沿岸地区,国土面积约1万平方公里,人口约200万,军队原为800人,后扩为

1000人，世界最不发达国家之一。

二〇一九年四月

西撒哈拉

西撒哈拉沙漠印象

西归东去各留缘，无度洪荒沙瘦颜。
万态波丘晶闪耀，一河浪皱绿休闲。
夕阳留影空茫处，方帐遮风简陋间。
月送朦胧无暗角，风声不累倒三班。

注：西撒哈拉沙漠是撒哈拉沙漠的一部分，西临大西洋，河流穿过其中。

二〇一九年三月

西撒哈拉顺访三毛故居

不毛深处住三毛,更有追寻游兴高。
村变城颜方远至,门关居貌已西飘。
情花独秀沙中海,故事连篇笔下涛。
一纸人生心血尽,荒凉亦与赶时潮。

注:西撒哈拉地区位于撒哈拉沙漠西部,濒临大西洋,作家三毛,在此生活过好些年。我到了这里,也顺访一回。

二〇一九年三月

佛得角

玫瑰湖

穿洞迎来一宝湖,红颜款款远招呼。
扬波不予银花静,玫瑰融归动彩图。

注:位于佛得角萨尔岛,面积约一平方公里,采之不

尽的盐湖。喜盐生物菌类,在盐湖中生长,阳光下产生了玫瑰红的湖色。

二〇一九年四月

沙漠幻觉

茫茫极目似来风,远处一湖波动容。
遂意驱车追景去,漠光设局躲无踪。

注:在佛得角萨尔岛沙漠中有一个地方,忽然看到前方一湾湖水,跟海市蜃楼一样,实际上是幻影。

二〇一九年四月

蓝眼睛

园洞深潭张笑口,晴空万里聚辉来。
恰如宝石沉浮景,璀璨蓝光天眼开。

注：位于佛得角萨尔岛，有一朝天的岩洞，在上午十点至下午两点的时间段里，可以从其中深潭里看到美妙的光景，被称为蓝眼睛。

二〇一九年四月

奴隶拍卖广场奴隶柱

背倚火山前浪喧，石坪无处不冤魂。
万千奴隶呻吟处，刑柱斑斑一证尊。

注：位于世界双遗产大利贝拉老城中心，离首都十几公里的路程。

二〇一九年四月

佛得角印象

一角佛缘海涌山，十八罗汉共难关。
百年心血都市旺，光秃依然面岛湾。

注：佛得角由大大小小 18 座火山岛组成。

二〇〇七年七月

海滩留忆

未进佛门佛冠名，沉浮苦海觅安宁。
胸怀容下狂风浪，日照沙滩异国情。

二〇〇七年七月

几内亚比绍

兵营旅游点

现代营房古炮横，兵民合影笑留声。
千年树作和平伞，迷彩军车且待程。

注：在几比老城区游览，位于其中的兵营在非训练时间里允许游人参观，以显示局势稳定，军民和谐。

二〇一九年四月

非洲神功

题记：非洲到处，人工运物皆用头顶，妇女居多。

脖颈神功万物迁，逍遥自在脑之巅。
赤橙黄绿青蓝紫，遍地彩云撑九天。

二〇一九年四月

几内亚

一天困局

游行断路误游程,远客窝床唯叹声。
尴尬时分又添堵,地头蛇隐更狰狞。

注:遇大规模游行,道路不通,被堵在酒店。更不堪的是地接居然躲起来,把我们晾在一旁。

二〇一九年四月

边关无语

一路颠簸车破尘,几双红眼手频伸。
翻箱几度朝天底,远客居然不会神。

二〇一九年四月

塞拉利昂

参观塞拉利昂国家博物馆在中国明代瓷器展窗前留句

展窗瓷器碎分身,碗碟依稀知认人。
数百年前沉海物,蓝花亮丽透精神。

二〇一九年四月

大洋沙滩少年踢足球场景偶成

少年较劲闹声狂,白浪围观沙战场。
门立干枝攻与守,扬尘百炼未来王。

二〇一九年四月

利比里亚

和平铁树

枪支零件再归拢,已是花坛一树丛。
愿景和平民意在,战赢贫困论英雄。

注:利比里亚首都蒙罗维亚的江心岛公园里,有一棵由各种武器零件制作的和平铁树,表达了人民的愿景。

二〇一九年四月

科特迪瓦

亚穆苏克罗印象

小村升任首都城,拔地楼堂尽伟宏。
邦达马河倒宫影,白云与共亦辉荣。

注：亚穆苏克罗坐落于科特迪瓦中部，邦达马河东岸。20世纪初只是一座小村庄，现已发展成为一座颇具规模的现代化都城。大型建筑有总统官邸、总统旅馆、博瓦尼基金大厦、市政府、大教堂和大清真寺等。

二〇一九年四月

大巴萨姆镇

旧物新颜破旧空，无妨遗产列名中。
不分黑白清流畅，腥血留痕任雨风。

注：1893年，法国人来到这里，开始建此城，并使其成为该国第一个首都。法国殖民时期也由此开始。这些历史及城内一些殖民时期的建筑物，构成了世界文化遗产，现已破旧，混在民居区之中。

二〇一九年四月

加纳

夜宿大洋边

椰林悬月照窗前，梦落波涛漂九天。
阵阵哼声催我醒，渔民拖网拽晨鲜。

二〇一九年四月

奴隶城堡"不归门"留句

遥思伫立不归门，哀叹漂洋生死人。
城堡深藏奴隶恨，人间更惜自由身。

注：位于首都阿克拉西150公里的海岸角城，奴隶贩运中心之一，世界文化遗产。当年，等待船运的奴隶，被关进地牢，地牢有暗道通到一座门。出门即上船，生死未卜，故称"不归门"。

二〇一九年四月

艺术棺材

飞天入地可穿洋，异想奇观身后床。
浪漫雕融彩中梦，魂归艺境亦天堂。

注：不是玩具，不是模型。这是颇受加纳人欢迎的木质艺术棺材，多姿多样，如游鱼、螃蟹、飞鸟、汽车、鱼雷、舟船等，可生前预制。

二〇一九年四月

老码头之宏图

棚户窝边垃圾窝，百年积困瘦沙坡。
抬头图展新天地，路带东风唱远歌。

注：加纳最早的港口、渔码头、集镇。现在已破落，满目穷脏乱差。忽然看到一座高耸的规划效果图，导游说，这是中国帮助规划的。我们和当地人一样，看到了一带一路带来的希望。

二〇一九年四月

深谷吊桥

巨树担当悬几桥,半空晃荡似扶摇。
鸟鸣猴跳空山谷,不让童心寄绿梢。

二〇一九年四月

多哥

独立纪念碑偶成

巨碑镂空立雄姿,恰是囚身链碎时。
火照光明自由路,高原大海任骋驰。

注:多哥首都洛美市中心广场中央,矗立着多哥独立纪念碑。这座水泥建筑高18米,宽12米,镂空部分是一位双手举过头顶、挣断殖民枷锁的英雄形象。前面则是一尊托着火炬盘的妇女雕像。据介绍洛美市与深圳市结为友好城市。

二〇一九年四月

出海口渔舟闲赋

不合时宜且歇湾,轻舟晃影自悠闲。
长风浩荡征招远,任尔潮头网罩天。

二〇一九年四月

贝宁

冈维埃水上村

漂泊随心尽扁舟,浮天交易各需求。
孩童荡桨帮家累,壮汉捕鱼拽网愁。
彩塔留尖招雨泪,陋居长腿站云头。
贫穷满目难添景,浑水昏昏浪似羞。

注:位于贝宁首都附近,该村形成于17世纪初,当时冈维一带居民为躲避敌人,迁到湖内居住。世代相传,形成村落,现有三万余人。房子由圆木打桩(后来也有用水泥柱),在高出水面一两米后建成居家。村民多以捕鱼为生,

从小会划船。村里有商店、学校、清真寺、教堂、卫生所、邮电所、集中供水点、水上市场、旅馆等。目前湖水浑浊并发黑,被严重污染。

二〇一九年四月

新建"不归门"留句

双脚拖锤沙印沉,百年浪卷早无痕。
洋边矗立回眸景,诉说千秋终有门。

注:贝宁的维达市,在当年奴隶登船,踏上不归路的海滩上,新建了"不归门"的景点,既为旅游,也为了不忘却的纪念。

二〇一九年四月

埃塞俄比亚

岩石教堂感叹（外一首）

奇迹藏身云下巅，春秋血汗智通仙。
四周凿石终为壑，百尺沉峰始对天。
细拓门窗宏殿梦，精雕梁柱广庭缘。
几多彩饰浮痕影，一阵苍凉土卷烟。

注：位于埃塞俄比亚北部山区，世界文化遗产。在海拔2600米的岩石高原上，一座教堂就是把一座石峰的四周挖成沟壑，变成一块四面壁立的大石头，然后用最原始的工具，把内部凿空成大殿，外部凿磨成墙、成柱。这样的教堂原来共有11座，其中最大的一座长33米，宽23米，高11米，精雕细刻的外檐由34根方柱支撑。800多年前，动用20000人工，花了24年的时间，世界无双，令人感叹！

悟之句

一方神殿一岩峰,刻柱雕梁聚彩空。
血汗辉煌千古叹,永恒真主是劳工。

二〇一八年四月

东非大裂谷最仄处流连

几度非洲欲见它,平川策马似无涯。
远离谷岸将逢处,相对临河赠浪花。

注:东非大裂谷,全长约9000公里,跨越7个国家,一般宽度30至50公里,不像裂谷。但埃塞俄比亚这一段最狭隘,两岸可见,中间只隔一条河。

二〇一八年四月

索马里

索马里印象

题记：索马里实际上是旅游资源丰富的国家，只因长期战乱、内乱导致生灵涂炭，是世界最不发达国家之一。诗云——

和平远去举国瘫，乱世挥枪即上班。
破路纵横堆万障，焦楼焚毁灭千间。
群童伸手跟车快，散老提心坐地闲。
几代悲催无了日，何时佳景再欢颜。

二〇一七年八月

无 题

人间三乱鬼当愁，几代悲催恨不休。
远离和平残梦短，安宁分秒是奢求。

注：三乱指战乱、内乱、动乱。

二〇一七年八月

吉布提

捎给中国海军的问候

题记：恰逢吉布提中国海外基地建成，首先想到的是给官兵捎去祖国亲人的问候，虽然只能远望，但心意已到。诗云——

深蓝阔浪展春华，战舰远航歇有家。
远望无妨心问候，旗红更艳亚丁霞。

二〇一七年八月

盐湖东风

绿透微波翡翠留,盐滩铺雪苦难收。
东风已至阴霾散,似见蓝图暖满楼。

注:盐湖风光优美,但环境条件恶劣,基础设施空白。不过看到湖边竖着一块标牌,豪情满满,信心十足。中英文告知,此系中吉合作开发项目的规划。

二〇一七年八月

大漠火山岩床留句

热浪荒原沙砾场,垒堆石榻送清凉。
卧身侧耳铃铛近,梦境飘移驼一帮。

注:大漠中行进到一片火山岩中,看到垒叠平整的露天"石床",长约两米,宽八九十厘米,高三四十厘米。导游说,常有路人在此过夜,我们也体验一番。

二〇一七年八月

| 采 | 诗 | 天 | 下 |

肯尼亚

肯尼亚马赛马拉和坦桑尼亚塞伦盖蒂国家公园印象

浊河藏鳄岸坡宁，长颈远瞻猴忿争。
草野连天高树瘦，花丛贴地矮春荣。
勾天象族图安逸，卧地狮群送恐惊。
豹狗马牛多彩鸟，天生百类各精灵。

注：两个国家公园相连，世界自然遗产。豹有金钱豹、猎豹；狗有野狗、鬣狗；马有斑马、角马、河马；牛有犀牛、野牛；鸟类有鹰、鹳、雀等。

二〇一八年四月

蒙内新铁路

题记：从肯尼亚的第二大城市蒙巴萨飞首都内罗毕，要了一个靠窗的位置。无奈雨天，只好遐想着脚下这条新开通的"中国标准"铁路。

一线关联两市通,今逢阴雨跨云空。
似闻逛野鸣声脆,云海深藏新铁龙。

二〇一七年八月

非洲大草原

驱车无际大平原,草地矮林相嵌连。
常遇精灵拦路客,携家带眷各悠闲。

二〇〇四年三月

火烈鸟

一湖咸水盖早霞,百万群居火耀家。
临近悄然听鸟语,红流惊动浪山崖。

注:火烈鸟红羽毛,百万群居肯尼亚的咸水湖中,极

为壮观。

二〇〇四年三月

动物家园

长颈长勾长角类，有纹有色有花群。
野生野长争灵境，相克相依闯绝尘。

二〇〇四年三月

奈瓦沙湖泛舟

动物兴家淡水湖，飞禽展翅尽渔夫。
泛舟十里无归意，河马驱人喷水珠。

二〇〇四年三月

荒原度假村（外一首）

四野茫茫无近邻，鲜花绿树泳池新。
铁丝墙网凉风夜，兽眼眈眈望客人。

荒原夜色

天盖荒原夜冷苍，高悬半月洒清光。
兽禽合唱悲欢曲，一阵凄凉思返乡。

二〇〇四年三月

爆炸遗址留句

星条挂处已封尘，爆炸声中血泪人。
遗址公园留痛处，八方停步叹碑文。

注：原来位于肯尼亚首都内罗毕市中心的美国大使馆，1998年遭恐怖袭击被炸，上百人死亡，数千人受伤。遗址

现已建成公园。

二〇〇四年三月

乌干达

尼罗河源头留影记

山岸飘霞湖静波,千秋一泻即尼罗。
蓝牌魅力天边客,我与同框听鸟歌。

注:世界第一长河尼罗河,发源于非洲最大的淡水湖——维多利亚湖,源头地处乌干达的金贾市,但见湖光山色,晚霞宿鸟,一派和谐景象。我与尼罗河源头标志合影同框,兴奋之余,留绝一首。

二〇一七年八月

卡琴扎河与乔治湖汇合处泛舟

江湖相聚长浪浮，岸洞排窝见雀楼。
象步低沉惊彩鳄，牛头高昂戏白鸥。
山猪噘嘴寻沙乐，河马藏身潜水悠。
孤雁难鸣群鸟会，轻舟起网唱丰收。

注：位于乌干达西南部地区，是东非大裂谷的组成部分，通过卡津加运河连通乔治湖和爱德华湖，风光绮丽，野生动物的家园。

二〇一七年八月

坦桑尼亚

恩戈罗恩戈罗火山口游记

生态如歌盛景深，艳阳盆地满辉金。
一方绿毯花随草，四面青山鸟唱林。
水转涓流铺巨网，湖漂碎浪落中心。

迁徙不再肥牛马,快乐狮群卧懒荫。

注:恩戈罗恩戈罗国家公园位于坦桑尼亚北部,世界自然遗产。直径约18公里,深度600多米,形成了一个方圆约为300平方公里的圆形地盘,像一个大盆扣在东非大裂谷之上。它是世界上最完整的火山口。这是一片非常独特的自然保护区,集中了草原、森林、丘陵、湖泊、沼泽等各种生态地貌,无数种类的近3万头野生动物在这里生存,逐渐形成了一个独立的生态系统。斑马、角马等失去了迁徙的功能,长得又肥又胖。

二〇一八年四月

哈德扎比部落探访诗记

偏居峡谷洞藏窝,采果摘青搜野坡。
缺教顽童无笔债,传承猎手有弓魔。
茹毛饮血生皆熟,钻木炊烟石即锅。
原态归思谁予变,心留千载自由歌。

注:哈德扎比人,早在一万年前他们就出现坦桑尼亚

土地上，至今仍保持着钻木取火、茹毛饮血的生活方式。男人用弓箭捕猎野兽，女人采集野果、野菜。部落人口不足800人，政府特许他们有限猎捕野生动物。我们前往的小群体，三家一共25口人。几位年轻人展现了他们善于打猎、获取蜂蜜的绝活。

二〇一八年四月

乞力马扎罗峰观赏记

关门谢客躲云中，随即追寻上九重。
雪盖平头艳阳里，坐收璀璨玉天峰。

注：在坦桑尼亚驱车前往观赏非洲第一高峰，海拔5892米，因浓云密布未果。后乘飞机正巧经过，尽收壮丽风光。

二〇一八年四月

卢旺达

非洲袖珍族（外一首）

三尺身姿几大人，围巾手表更精神。
常夸高大君知否，人类一支传袖珍。

访袖珍族人

传说儿时竟是真，眼前老少却难分。
史河浩荡常弯道，人类绵延广族群。
注目常归高帅者，留心罕见袖珍君。
精神抖擞尊严在，最爱深山七彩云。

注：在卢旺达遇访非洲袖珍人即俾格米人。成年人平均身高 1.30 米左右。俾格米人在世界上濒临灭绝，主要分布在中南部非洲一带，崇尚森林，男子狩猎，女子采集；没有私有观念，财产归集体所有；血统按父系，一夫一妻制，8 岁时即发育成熟，允许结婚。如今，有关各国政府相继采

取措施，帮助他们走出森林，参加现代社会生活。但是，绝大多数俾格米人仍然希望继续过去的原始生活。

二〇一七年八月

夜宿猩猩家园：卢旺达火山公园

火山夜静总浮云，草舍游翁思野君。
夜半似闻呼唤近，梦回探访那时分。

二〇一七年八月

布隆迪

坦噶尼喀湖

月隐风凉亮进窗，黑肤白浪踏沙黄。
深沉滋育鲜天地，一港渔船交易忙。

注：布隆迪、刚果（金）、坦桑尼亚和赞比亚四国的界湖，面积3.29万平方公里，世界第二深湖，平均深度570米，最深处达1470米。水产丰富，仅鱼类就有300多种。

二〇一七年八月

参观动物园猩猩抢旅友手机未果有记

铁笼落户眼神眯，趣在看人玩手机。
出掌如风竟无果，惊魂一幕友歆唏。

二〇一七年八月

刚果（金）

刚果（金）维龙加国家公园猩猩墓地留句

丛林坟场葬非常，碑记猩名命短长。
枪下冤魂恶人债，家园咫尺本天堂。

注：维龙加国家公园位于刚果（金）东部基伍湖畔的戈马市之北。靠近乌干达边境。世界自然遗产。该公园面积8000多平方公里，是天然的动物园，也是大猩猩的天堂。但是由长期战乱，大猩猩常遭杀戮。那里的丛林中建有被杀猩猩墓地，不断地给人们敲着警钟。

二〇一七年九月

过关即景
关口查翻借假公，寻机刁难想钱疯。
点钞模仿频频秀，唯有摇头怼始终。

二〇一七年九月

| 采 | 诗 | 天 | 下 |

刚果（布）

刚果河乘船从刚果（布）首都布拉柴维尔前往刚果（金）首都金沙萨偶成

一水隔开布与金，高楼两立不成林。
轻舟倾刻来回路，但见关天云幕沉。

注：世界上距离最近的两国首都，刚果河相隔，乘机动船十几分钟就可以到达。但此国出境、彼国入境，即使有当地旅行社帮助，也要三四个小时。

二〇一七年九月

"世界中心"

刚果河边风景台，石碑留字逐颜开。
缘何夸口寻常处，世界中心自挂牌。

二〇一七年九月

安哥拉

集市巧遇红泥人偶成
——兼题旅友红泥人照

粪泥彩辫绕珠光，头苑恒春竟是妆。
巧遇有缘奇秀艳，重逢不再忆方长。

注：红泥人即非洲辛巴族人，栖身于沙漠丛林地区。由于缺水，辛巴女人一生都不洗澡，一辈子都裹在红泥巴中，被称为红泥人。现今红泥人主要分布在纳米比亚，人数不足5万，而安哥拉一支，据说现已不足1000人。该族妇女以奇特的红色、黄色发辫为美，其妆饰材料是由红泥粉、干粪便、油乳等做成的。此发型已有几千年历史，不论年龄，女性一生都离不开厚重的泥发辫和脖饰。为了保护泥辫和颈圈，晚上就枕着木枕头睡觉。

二〇一七年九月

月亮谷彩石林

风刀万古刻恒心，千塔尖峰一谷林。
夕照余辉艳留彩，波涛昼夜送知音。

注：距离首都罗安达城 80 多公里的大西洋岸边，有一处面临波涛、沐浴夕阳的山谷。红色岩石风化后，单个如塔，一片成林，夕照下绚丽多彩、壮观。

二〇一七年九月

月亮谷恰逢九月十日歌

题记：在旅游景点月亮谷用手指托着夕阳的照片，犹如点燃生日烛光。

红浪欢歌自远方，面包树旺欲遮洋。
临湾千韧稀时客，夕照诚心点烛光。

二〇一七年九月

赞比亚

再游维多利亚瀑布感赋

先人凝望总无言，又遇惊奇我感恩。
气势依然新涌浪，容颜已变老游魂。
薄情大雨迎宾冷，厚意长虹待客尊。
缕缕同框追梦远，时空穿越已黄昏。

注：由于旅程安排的凑巧，十一年后我又在赞比亚欣赏维多利亚瀑布的壮观景象。先人，指瀑布发现者、英国人利文斯通，瀑布公园进大门后不远处立有他的雕像。

二〇一八年四月

维多利亚瀑布（二首）

之一

驾雾腾云水洗空，深渊突坠聚雷公，
茫茫百里无天地，却送清新双彩虹。

之二

雷鸣壑谷千钧力，水盖长空万丈云。
澎湃朦胧遮美丽，姑娘不见远来君。

注：有一动人传说：在瀑布的深潭下面，每天都有一群如花般美丽的姑娘，日夜不停地敲着非洲的金鼓，金鼓发出的咚咚声，变成了瀑布震天的轰鸣；姑娘们身上穿的五彩衣裳的光芒被瀑布反射到了天上，被太阳变成了美丽的七色彩虹。姑娘们舞蹈溅起的千姿百态的水花变成了漫天的云雾，何等美妙！

二〇〇七年四月

夜宿听瀑声

头枕轰鸣睡梦悬，悠然几度似飘仙。
忽闻窗外风铃曲，大瀑和声听落泉。

注：所住酒店就在维多利亚大瀑布的边上，轰鸣如雷，酒店的风铃如同清脆的泉水和声。

二〇〇七年四月

坦赞铁路

神州困境纷争日，子弟远征修路时。
虫兽荒原拼血汗，人间真曲献无私。

注：该铁路东起坦桑尼亚首都达累斯萨拉姆，西至赞比亚的卡皮里姆波希，全长1860.5公里，1970年10月正式开工，1976年6月竣工。为建设这条铁路，中国政府先后派遣工程技术人员5万多名，有65人为之献出宝贵生命。

二〇〇七年四月

谦比希铜矿奇观

异邦重任即为铜，坑壁飞腾一巨龙。
浮想联翩追远古，一方地力显神功。

注：谦比希铜矿是由中方公司为主开采的，在一个巨大矿坑的斜壁上，由于地力作用，把岩石挤成一条龙的形状，颇为传神。

二〇〇七年四月

铜乡偶成

深藏地下度年华，亮相人间耀眼花。
百炼千锤无所惧，亮光四射进人家。

注：赞比亚自然资源丰富，以铜为主，是世界第四大产铜国。

二〇〇七年四月

乡村晚照

芒果枝头落日红，草房长驻病和穷。
炊烟未见霞如火，皮鼓声声舞热风。

二〇〇七年四月

马拉维

马拉维湖日游夜宿记

晴日灰蒙峰被偷，奇观未解远来愁。
消消浪去斜滩静，漫漫波回曲岸浮。
散岛嫌荒栖唱鸟，夕阳爱醉累游舟。
屋圆草顶湖滨梦，半醒推窗惊小猴。

注：马拉维因此湖而得国名，面积约3万平方公里，非洲第三大淡水湖，世界第四深湖。南北狭长，山峰相对，形成两道壁障，极为壮观。该湖还有一个奇异现象，有时浃浃湖水缓缓消退，露出浅滩。但几小时后，逐渐返回，恢复了原有的丰盈，没有规律，且是未解之谜。

二〇一七年九月

莫桑比克

莫桑比克首都"毛泽东大道"流连

盛名威远越时空,车水马龙绿更浓。
步步豪情艳阳好,东风在此压西风。

注:1975年独立时,莫桑比克政府把首都最美丽繁华的一条街道命名为"毛泽东大道",体现了对中国政府和人民支持其人民解放事业的感激之情。东西走向,绿荫覆盖,双向六道,近三公里长。至今"毛泽东大道"(葡萄牙文)的路牌依然屹立,门牌号也清晰可见。

二〇一七年九月

莫桑比克岛

繁华已去鸟低鸣,浪涌银沙风满亭。
闭户走人多落寞,敞街稀客少酩酊。

炮尊瞄远云帆白，城堡闲高野草青。
落日风光融万物，千秋夜色异时星。

注：位于莫桑比克北部，世界文化遗产。它是历史上葡萄牙人前往印度途经的一个贸易口岸，岛上建有城堡，建筑反映出阿拉伯、印度和葡萄牙各国的影响但十分协调，具有独特的城市风貌。20世纪70年代，一批葡萄牙人弃房离去，加之内战爆发、自然灾害，导致经济萧条，直接影响了莫桑比克岛。

二〇一七年九月

科摩罗

科摩罗印象（外二首）

殖民不解贫穷套，独立思翻困境篇。
几岛浮空何去处，望洋兴叹盼神仙。

注：非洲一个位于印度洋上的岛国，人口85万（2019年），国土面积2236平方公里，主要领土为三座火山岛，2005年喷发过，遍地黑色火山岩。因阿拉伯文国名翻译，被称为月亮之国；又因盛产香草、丁香、依兰等香料，被称为香料之国。但是，被殖民近百年，独立四十余年，依然是世界最贫穷的国家之一。

火山岩滩偶成

一岛焦岩泼墨侬，白瓯点点歇行踪。
黑滩鱼市和谐价，谁理深层卷火龙。

月亮岛之夜

月洒清辉月亮湾,朦胧浪洗黑岩滩。
长风扑面洋边坐,笑等伊兰共醉欢。

注:依兰系香料名称。

二〇一七年八月

马达加斯加

猴面包树

胖墩招手面包香,欲探珍奇客四方。
落日余晖丽添景,悄然柱立最风光。

注:猴面包树果实略有酸味,有面包松软的感觉。

二〇一六年四月

原始森林穿越即景

藤树环生朽木横,自由天地鸟虫声。
狐猴忽挂枝梢上,短炮长枪对野萌。

二〇一六年四月

印度洋晚舟

潮平舟稳荡悠闲,日下云涛霞满天。
笑望渔家慢收网,彩帆落处起炊烟。

二〇一六年五月

塞舌尔

五月谷海椰子林

遮天蔽谷本无求,奋上争光总不休。
公母分明子孙旺,春秋不问自清幽。

注:五月谷是世界面积最小的自然遗产,只有0.195平方公里,位于舌塞尔普拉兰岛。该公园拥有7000多株10~30多米高的海椰树,结出的果实有的重达30多公斤,其外形酷似男女生殖器,故有雌雄之分。

二〇一六年五月

击水印度洋

艳日长风云衬蓝,大洋晃荡洗银滩。
泳姿牵动千层浪,陪我彩虹悬岛山。

二〇一六年五月

印度洋彼岸伫立偶成

落日余晖千道彩,汪洋末浪几重波。
兼程何虑风和雨,诗意情怀觅短歌。

二〇一六年五月

顽童谱
——题一组旅友顽童照

一路欢声漫旅翁,精灵知善爱顽童。
游踪不负余生乐,天下归心愁亦空。

注:旅友多为花甲以上的老人,但童心未泯。

二〇一六年五月

毛里求斯

再次"追虹"七色坡

爱遣余生追彩梦,途穷但见躲天涯。
雨林深处寻她去,七色坡头虹在家。

注:毛里求斯的七色坡被世人誉为"地上彩虹"。

二〇一六年四月

彩色坡

印度洋中飘岛国,何来七色土山坡。
赤橙黄绿青蓝紫,可是彩虹回老窝。

二〇〇七年四月

甘蔗林

一望平原接岛空，蔗林远去卷长风。
海蓝叶绿双波荡，咸水甜心两味浓。

注：毛里求斯以盛产蔗糖驰名世界，素有"糖岛"之称，到处是无边无际的甘蔗林。

二〇〇七年四月

无　题

飞心万里老游家，已到南洋望彩霞。
极目茫茫似穷尽，天涯无尽更无涯。

二〇〇七年四月

晴雨天

无处不吹洋面风，唤来云朵挂晴空。
几回远客匆匆步，阵雨瞬间飘九重。

二〇〇七年四月

闹市椰林

彩楼齐聚市中心,车水马龙国父亲。
闹市流连观亮点,风光别致是椰林。

注:城市中心一片椰林,中心广场矗立着国父即原总理西·拉姆古兰雕像,在他领导下,毛里求斯人民经过不屈不挠的斗争,终于在1968年结束了英国的殖民统治,赢得了国家独立。

二〇〇七年四月

火山口

张口睡沉千万年,满腔怒火不冲天。
松遮黑壁春常在,池水盈盈照世间。

注:死火山,火山口直径200米,深85米,中央有一个美丽的火山湖。

二〇〇七年四月

根雕老人

街头远客总围观,岁月风霜一地摊。
出手精灵各神韵,根须胡子共飘然。

二〇〇七年四月

睡 莲

绿神巧铸玉圆盘,水面称王尊岛仙。
无数泊舟幽静处,孩童欲睡可浮天。

二〇〇七年四月

留尼汪（法）

留尼汪游记

大洋小岛亦人间，彩屋云村自有天。
闭谷安宁沉万载，活峰喷涌闹常年。
青山白瀑阳光景，黑土灰岩月亮缘。
浪语沙滩留梦境，且当几日外来仙。

注：火山喷发形成留尼汪，至今岛上既有一座沉寂上万年的火山，又有一座很活跃的火山，即富尔奈斯火山。其地貌极像月球，为世界自然遗产，这是游客必到之处。寸草不生的火山、原始深林、冰斗、瀑布、深湖、小村等等，构成了一个世外桃源。

二〇一六年四月

留尼汪冰斗深潭即景

峭谷一汪绿翠浓，鱼儿无虑逛云空。
婆娑树影风添乱，惬意挥杆几钓翁。

注：留尼汪法国的一个海外省，面积 2000 多平方公里，人口 80 多万。冰斗即火山爆发后形成的陡峭峡谷盆地。

二〇一六年四月

甘蔗林

远望无边密布林，滔滔浩荡会白云。
海蓝叶绿牵一线，苦口无妨甜在心。

注：毛里求斯、留尼汪盛产甘蔗，有"糖岛""甜岛"之称，甘蔗林的边际往往就是大洋。

二〇一六年四月

纳米比亚

路过中国卫星追踪站感赋

大漠孤墙几亮灯，迎来远客踏黎明。
旗扬铁任青春亮，塔守银锅日夜行。
耳顺苍茫频解意，思随浩瀚敢追星。
神波豪我天涯路，澎湃心潮壮旅情。

注：我国卫星返回要经过纳米比亚附近的天空，该测控站建成后，已在我国的航天事业中发挥作用。

二〇一八年四月

45号红色沙峰攀登记

沙精聚血立雄峰，放眼分明蓝与红。
脊线垂梯攀步重，偏邀日月醉三重。

注：纳米比亚红色沙漠中称为45号的为最高峰，也是

采 诗 天 下

世界第一，因离公园大门口 45 公里而得名。

二〇一八年四月

大沙漠傍晚登高望远

扑面凉风沙亦欢，无垠天地望奇观。
南云汇聚灰濛雨，北野延绵光秃山。
西日孤红沉艳艳，东霞共彩秀丹丹。
抬头忽见星河阔，住店昏灯知夜寒。

注：纳米比亚沙漠，是世界最古老的沙漠，形成于8000万年以前。面积50000平方公里，南北长1600公里，东西约50~160公里不等。

二〇一八年四月

树之陵

土里生根水断情，枯身挺立伴沙鸣。
千秋不倒生奇景，自立恒碑一树陵。

注：位于纳米比亚纳米布-诺克卢福国家公园，900至1000年前，这里地理环境改变，又遭遇严重旱灾，地下水被消耗一空，降雨也不复存在。树木死亡、干枯，阳光将其烤焦、变黑。这片土地也就成了古的墓地，被称为"死亡谷"。

二〇一八年四月

纳米比亚红泥人部落探访记

沙林深处驻家乡，草挡青天地做床。
银链圈圈围颈饰，红泥辫辫挂头妆。
阳光蔽体新潮酷，皮料遮羞时尚狂。
乐于一方甘坚守，何须猜论短和长。

注：纳米比亚的卡曼亚伯，系辛巴人即红泥人集聚地。这是一个行将消失的原始社会族群，维持并甘于500年前的生活方式，草棚为房，垒石为灶，生活简单贫困，似乎没有教育，缺医少药，但妇女对红泥装饰头发乐此不疲。曾经在安哥拉集市上偶遇见过红泥人，此番则是前往其部落，了解更深入一些，遂成一律。

二〇一八年四月

|采|诗|天|下|

纳米比亚古漠驱车行

古境飞奔迎热风,苍凉无际雾迷浓。
云垂湛宇留静态,漠挺荒丘退闪踪。
瘦树荫遮阳火烈,微丛绿衬浪沙凶。
纵横千里颠簸路,回赠天边七彩虹。

注:纳米尼亚沙漠为世界最古老的沙漠,至今 8000 万年以上。

二〇一八年四月

▎博茨瓦纳

奥卡万戈三角洲游记之一:俯瞰

无际无边何处收,云团垂挂月如钩。
流弯百道终归野,湖碎千鳞散落洲。
草地难逃阳炙烤,林荫可躲众闲悠。
白烟几柱腾空起,助兴临窗观赏游。

注：奥卡万戈三角洲地处博茨瓦纳北部，是一块草木茂盛的热带沼泽地，四周环绕着卡拉哈里沙漠草原，是世界上公认的最大的内陆三角洲之一，也是非洲面积最大、风景最美的绿洲，面积约15000平方公里。乘小飞机俯瞰，一览无余。

奥卡万戈三角洲游记之二：纵横

密林深处探纷争，越野收篷四面清。
枯木无春唯朽败，草花有种复鲜荣。
千枝打脸惊和忍，百兽追寻纵与横。
力尽精疲回归路，夕阳金叶胜秋萌。

奥卡万戈三角洲游记之三：泛舟

开阔泽汪难起涛，轻舟寻觅愿心高。
风莲卷叶花独静，水草掀波影散漂。

河马藏身吹气泡，象群序队过河霄。
难分云彩真和假，翠鸟不惊归有巢。

二〇一八年四月

参观布须曼人部落感赋

岩画千秋色艳浓，子孙末路似途穷。
弓追禽兽萍踪处，梦落窝棚灌木丛。
钻火充饥生熟异，毛皮裹体古今同。
与时进取谈何易，岁月无情难始终。

注：布须曼人（Bushmen）有语言，无文字。分布于南部非洲多国。多处岩洞壁画，就是布须曼人创造的文明。1000年过去了，他们的子孙岁月如何？博茨瓦纳布须曼人的领地是一片有着8万多平方公里的草地和稀疏的草原森林，周围是荒漠。他们生活离不开灌木和茅草，他们的居所多为就地取材建成的茅草屋。至今，一直过着狩猎和采集生活，大多仍处在原始社会的不同阶段。

二〇一八年四月

津巴布韦

乘直升机鸟瞰维多利亚瀑布

七拐八弯巧构层,波来浪去各逞能。
吼声气势皆归去,但见一沟云雾腾。

注:世界三大瀑布之一,世界自然遗产。从赞比亚观看,虽然气势不减,但朦胧部分多,清晰部分少;从津巴布韦看,因为是正面,长度1.7公里,设有十个观看台,更加壮观。另外,也可以乘直升机鸟瞰,这对瀑布的来龙去脉看得比较清楚,但没有气势,没有轰鸣。

二〇一八年四月

维多利亚瀑布津巴布韦段观感

先声夺耳树延绵,驻步迎来壮丽篇。
群瀑狂流垂断壁,阵雷怒骇卷深渊。

腾云一柱晴天雨,跨谷双虹彩雾圈。
淘气无常藏隐去,不时亮相总超然。

二〇一八年四月

南非

德拉肯斯公园游记

裸岩翠谷闹溪流,四面群山尽秃头。
海盗挥枪百年画,但观古猎舞消愁。

注:世界文化遗产。高山草甸、险峻河谷,以及布须曼人的洞穴岩画,画着妇女跳舞、男人狩猎、追逐大羚羊的画面,还有一百多年前英国人举枪侵入的场景。这些岩画描述了人类和动物世界,再现了有着悠久历史的土著部落人的精神生活。

二〇一七年九月

曼德拉艺术头像观后

牢底坐穿续伟章，巅峰勇退日方长。
钢碑柱立人心里，身后隐居山水乡。

注：该纪念馆建在祖鲁的公路旁，据说是曼德拉被捕的地方。馆里主要是由曼德拉从年青到年老的照片和画像组成。令人感兴趣的是两百米以外的艺术头像，头像是由50根10米长的钢柱为媒材，只在一个角度上看，清晰地显示曼德拉的头像，是为曼德拉因反对种族歧视入狱50周年而创作的。

二〇一七年九月

从春天飞到秋天

南飞万里礼随身，捎上江南一叶春。
谁料葡萄空绿架，秋光回赠是舒心。

注：苏州的春天正是南非的秋天。

二〇〇四年四月

罗班岛

罗班岛困曼德拉,浪击铁窗盯月牙。
不尽蹉跎磨斗志,坐穿牢底再当家。

注:该岛在离南非开普敦市不远的大西洋里,南非民族主义领袖曼德拉曾经长期被关押在此。

二〇〇四年四月

开普敦印象(外一首)

背靠桌山怀满风,金沙花伞浪涛声。
彩居铺绿真油画,疑是欧洲滨海城。

开普敦桌山遐想

无峰平面够长宽,人类团圆天下欢。
桌布飞霞多艳彩,四方传送海风餐。

注：开普敦背靠的一座山，远看山顶平坦，像桌面一样，故名桌山。

二〇〇四年四月

海豹岛

阳光纱雾浪滔天，十万肥躯贴岛闲。
王国招来四方客，千姿展现笑同颜。

二〇〇四年四月

好望角（五首）

之一：许愿
从小知名地理书，相逢今日自欢呼。
天涯许下天涯愿，踏遍洲洋再歇途。

注：导游说，好望角许愿很灵，我们则入乡随俗。

之二：好望角望远

非洲南尽小石山，十里黑礁逐浪欢。
好望双洋唯此角，心神出窍乘帆澜。

之三：好望角巨岩赞

坐地任凭风浪高，忠心孤守挺直腰。
千秋不改双洋爱，万古情深寄涌潮。

之四：航灯

两洋交汇险危情，多少葬身断远征。
夜幕茫茫一星亮，同辉日月即航灯。

之五：两洋分界线遐想

双洋交界本无分，脚踏山岩留印痕。
视线悠悠穿浪去，企鹅国度敞开门。

注：大西洋、印度洋两洋分界线起点在离好望角不远的山头上，终点在南极洲，七年后我去了南极洲。

二〇〇四年四月

南非钻石

千锤百炼地心中,出世惊天乘火龙。
硬骨晶心唯灿烂,天长地久亮情空。

注:钻石生成于地层深处,在火山爆发时被带到地表层。

二〇〇四年四月

老黄金矿井华工之挽歌（二首）

之一
吊车下洞三千丈,坑道直通地狱间。
金贵心酸廉价汉,一堆矿料几工钱。

之二
矿道层层地网通,参观黑暗念华工。
漂洋落井无天日,日夜烛光如送终。

注:南非是世界黄金的主要产地之一,百年前的黄金矿工中就有几万华工。

二〇〇四年四月

|采|诗|天|下|

海边鲍鱼尝鲜记

潮退露礁寻缝间,活吞生咽叹奇鲜。
今朝尝够南非鲍,回味吹牛三五年。

注:导游说,南非的生鲍鱼很好吃,我们照办了,吃了不少,而且肚子没有吃坏。

二〇〇四年四月

非洲狮

红土凉荫午歇时,瞬间起驾展王肢。
奈何铁网威风困,怒视游人戏小狮。

二〇〇四年四月

鸵　鸟

远近山坡鸵鸟群,黑灰白羽眼来神。
当心招惹无情怒,利爪如刀曾劈人。

二〇〇四年四月

莱索托

莱索托古岩画及所在村探访记

艳日轻风又探幽,峰临峭壁秃方休。
一溪水柳枝头鸟,几树桃花影下牛。
洞宿国王惊噩梦,岩垂壁画颂佳秋。
又逢顶物孩童累,苦难何时是尽头。

注:莱索托,国土面积3.03万平方公里,人口214万(2021年)。在南非包围之中的世界最大的国中之国,自然资源贫乏,经济基础薄弱,世界最不发达国家之一。此处岩画有两三千年的历史,系布须曼人所画。

二〇一七年九月

第六辑　采诗天下之大洋洲篇

水调歌头·南太平洋纪行

漫漫天涯路,梦境任翱翔。霞光璀璨朝夕,赤夜火山狂。尤叹胸怀碧宇,更醉衣镶彩翠,千岛变宽长。巨舰漂如叶,风怒浪掀墙!

银沙亮,珊瑚美,做鱼郎。激流蓝洞穿越,意气自张扬。潜遇小鲨共舞,静等大鲸腾跃,惬意未心慌。坦荡平生愿,笑予几洲洋!

注:2018年夏,在南太平洋度过了50多个日夜,航程6万余公里,纵横22国(地区),词以纪行。

二〇一八年八月

澳大利亚

大堡礁心型珊瑚礁留句

大洋何处觅知音,阔浪长风古到今。
不懈追求情不老,珊瑚献上一波心。

注:位于大堡礁之中心,尤以心型珊瑚礁为最美。大堡礁是世界最长(2011公里)、最宽(161公里)的珊瑚礁群,1981年列入世界自然遗产名录。

二〇一九年十月

艾尔斯岩游记

远观醉态卧奇磐,突兀跟前却是山。
黛粉垂流明线画,红光汇聚靓妆颜。
流星残月邀相隐,落日朝阳约比攀。
绿叶围巾春意满,时空印记更斑斓。

注：位于澳洲的沙漠中心，又名乌鲁鲁巨石。红色的艾尔岩体高348米，长3公里，周长约9.4公里，是世界上最大的整体岩石，周围草木葱葱。

二〇一九年十一月

卡塔丘塔之瓦帕峡谷游记

在艾尔斯岩西约32公里的地方，有个卡塔丘塔岩群，分布着30多个大小不一、圆顶形状的风化红砂岩。有多条步行路线，在高温中不是任何人都可以成行的。我们选择了游人必到的瓦帕峡谷，在40摄氏度的高温中行走一个多小时。这是V形的大峡谷，沿着龟裂状的红石路行走，两边都是悬崖风化后滚落的石块，而耸立的红色悬崖，极为壮观。如果气温正常时，比如早晚，袋鼠等野生动物就会出来活动，无奈气温太高，它们都躲起来乘凉了。诗云：

长风直下白云裘，峭壁对开生峡沟。
滚石方圆飙大小，摇枝粗细竞春秋。
心思袋鼠藏身乐，网隔苍蝇扑面愁。
烈日临空垂火烤，烤笼难罩热心游。

二〇一九年十月

帝王谷攀爬游记

帝王谷（Kings Canyon），位于距离艾尔斯岩 300 公里的地方。名为帝王谷，却与帝王无关，土著人取的名字。在平坦的沙漠上，突出一块方圆 8 公里的岩石山脊，同时由于地表断裂至地下 200 多米，形成了巨大的峡谷。到处布满奇形怪状、红色为主调的开裂石块，壮观而神奇。几见烧焦的树木，那是被雷电击中后起火燃烧的。谷底有一个巨大的山洞，阵阵长风，更是幽深莫测。诗云：

一谷虚名任吐槽，山垂大漠更增高。
攀爬险道常犹豫，却步悬崖亦自豪。
瘦树焦枯雷劈火，肥岩崩裂岁磨刀。
俯看绿满长沟壑，有涧无流似闪滔。

二〇一九年十月

粉湖留句

湛蓝的天空下，热情的艳阳里，碧绿的丛林中，荒凉的海岸边，鲜花摇曳，小鸟追逐，突然出现一湾长湖，湖水是粉红色的，红波随风涟漪，随光深浅变色，令人心旷神怡，纷纷举起相机、手机，留下精彩一幕。诗云：

白沙空处粉成湖，岸立黄花天挂炉。
深浅红颜随意去，一汪波折荡虚无。

二〇一九年十一月

尖峰石阵游记

尖峰石阵（Pinnacles）位于西澳大利亚柏斯北面260公里处。无边无际的丛林沙滩里数不清的尖头石柱如春笋冒头，低者一两尺，高者达四五米，或成林，或成阵，默默无言地直指蓝天，任凭四海游人合影留念，发往远方。这些石柱，据说数千年前就形成了，只不过被白沙掩埋，被丛林覆盖，没有得以露面。后来是大火把植被烧光，大风把沙土吹走，才重见天日。诗云：

极目茫茫天地空，何来一片似逞凶。
丛林海岸千军阵，结石珊瑚万箭峰。
大小高低皆任意，方圆肥瘦各尊容。

无言合影匆匆客，未出沙门已远踪。

二〇一九年十一月

海浪岩

巨岩平地起波澜，欲卷云天不畏难。
浩荡何时温顺过，此间踏浪亦心欢。

注：位于澳大利亚西部小镇海登附近。酷似海浪，细看还有波纹。岩高约 14 米，宽约 110 米。岩石的波浪形状不是由水而是由于风的侵蚀作用而形成的。

二〇一九年十一月

布里斯班留句

已是冬时不过冬，一城处处见花丛。
五颜六色街头景，最美当推中国红。

注：布里斯班位于澳大利亚东北部，第三大城市。

二〇一八年九月

悉尼上空鸟瞰

旋桨扶摇直上天，滔滔树海绿无边。
五环花落南洋岛，野火随心几柱烟。

一九九八年十二月

悉尼歌剧院看表演

误时敬上闭门羹，一片正装双耳清。
神聚歌声任飞荡，情随落幕送雷鸣。

一九九八年十二月

中国驻澳大利亚大使馆做客记

眼前一景在天涯，古典辉煌伴树花。
仰望红旗心起浪，豪情跨进国之家。

注：澳大利亚首都堪培拉绿树如茵，夏天开满树花，格外美丽。中国大使馆外饰琉璃瓦，在西式建筑群中，显得格外古典而庄重。

一九九八年十二月

诺福克岛（澳）

飞诺福克岛途中偶成

共色洋天蓝即空，波间隐动小灰丛。
谁知拉近惊留叹，竟是冲天一绝峰。

二〇一九年十月

诺福克岛印象

铺岛层林绿几重,青松立塔万千峰。
人稀浪阔洋飞地,独树豪情旗正中。

注:位于太平洋西南部,距澳大利亚的悉尼1676公里。面积34.6平方公里,约1700人。法定旗帜正中立着一棵南洋杉。

二〇一九年十月

库克船长登陆点留句

破浪穷心敲岛门,纵横无忌总留痕。
此礁又是登临处,碑记刻文非感恩。

注:库克船长(1728—1779),英国航海家、探险家,曾经三度奉命带队前往太平洋。第二次出征,于1774年10月10日登上诺福克岛。

二〇一九年十月

圣诞岛（澳）

圣诞岛观蟹记

圣诞岛，位于印度洋，当今世界230多个国家与地区之一。澳大利亚海外领地，面积135平方公里，人口近2000人，其中百分之六十以上的居民为华裔。正是苏州阳澄湖螃蟹上市的金秋时节，我却在印度洋一个小岛的春天里观看红蟹（还有蓝蟹等）。虽然都是蟹，不同的是，阳澄蟹，烧熟后才红，一解千馋；而圣诞岛的红蟹是透活的鲜红，一饱眼福。在酒店的四周红蟹成群结队，在山涧的草丛里红蟹密密麻麻，在海滩的岩壁上红蟹星星点点，真是蟹的的世界。诗云：

秋别阳澄觅岛霞，逢天久旱错时差。
难观道路迁居阵，直闯山林万穴家。
瀑涧泉流频动闪，红蓝彩蟹任喧哗。
我行我素横行者，不负春天竞野花。

二〇一九年十一月

|采|诗|天|下|

大洋小岛之椰子蟹

躲进椰心壳住仙，风吹草动滚溜烟。
张牙舞爪沙丛夜，远客迎风拍蟹篇。

飞鱼湾

火山造景并非虚，极尽天工望眼舒。
咧石呲岩藏响洞，扬波卷浪助飞鱼。
一湾白雪铺沙垫，半壁红颜寄蟹居。
频频访客悄悄影，缘畅时空似有渠。

注：圣诞岛系火山喷发而成，同时形成了大大小小的海湾，其中就有一个叫飞鱼湾的，白沙如雪，红蟹满壁，别具一格。其首府也叫飞鱼湾，大概源于此。

二〇一九年十一月

科科斯群岛（澳）

异想天开的机场

双全不误共春秋，旗插机场果岭丘。
雅士挥杆穿跑道，游人越线罚当头。
小球封趣空迎客，大客停航洞进球。
微岛浮洋漂异想，五洲唯一已称牛。

注：位于印度洋，只有14平方公里陆地。机场航班一周才两班。为了充分利用场地，居然建成世界上唯一的机场与高尔夫球场合体的机场，跑道两边就是九个洞的高尔夫球场。一般游人不能靠近跑道，如果越过规定的线路，将被罚款5000澳元。

二〇一九年十一月

登临袖珍岛

热刺阳光风送凉，漂浮一叶在前方。
沙攀云白孤滩短，椰染金黄三柱长。

望眼频收洋创意，游舟未泊浪称王。
好奇助我登临愿，孤立时分笑恐慌。

注：该岛涨潮时露出面积约一百平方米，沙白如云，最突出的特点是长着三棵椰子树。

二〇一九年十一月

科科斯群岛之夜

稀疏灯火显安宁，半觉醒来天未明。
独我下楼随意去，三君踏夜任心行。
椰枝摇曳风留影，月树婆娑浪击声。
前后皆洋思绪远，天涯诗草种沙坪。

注：三君即指月亮、本人与影子。

二〇一九年十一月

无 题

余晖七彩远来君,浪乘长风致意勤。
目送辉煌融夜幕,天边又见几浮云。

二〇一九年十一月

巴布亚新几内亚

土著部落哈根节狂欢感悟

节庆催人部落空,游行聚彩各神通。
奇妆竞艳天然饰,踏舞飙歌土著风。
男女同波油闪亮,叟童列阵乐和融。
感恩真切狂欢醉,不尽缤纷织彩虹。

注:巴布亚新几内亚的山城哈根市,土著部落为了感恩大自然所赐的一切,每年都要举办"哈根节"。但见上百个部落、数千人欢聚一堂,用奇特的化妆,进行歌舞表演。化妆装饰物来自大自然,如身饰各种绿叶,脖挂各种贝壳

采诗天下

项链,头饰各种羽毛等等。

二〇一八年八月

岛国山村留句

云浮点点草房家,嬉闹丛中露脚丫。
留影开心前后转,可知长者亦山娃。

注:在岛国巴布亚新几内亚的大山深处探访土著部落,孩童嬉闹,跟随前后,不由得想起当年的自己,亦是小山童。

二〇一八年八月

二战陵园

绿地白碑垂镜天,三千战士百年缘。
纵横排列悲伤阵,浴血青春警世篇。

二〇一八年八月

所罗门群岛

二战武器纪念场留句

一窝铁锈舞蚊虫,大炮飞机共寿终。
敌我一坟埋异梦,回眸却对血时空。

注:所罗门首都霍尼亚拉近郊区有一个二战纪念馆,其实是一块树林包围的场地,展示着美国等国的飞机残骸,以及日本的大炮残骸。园中还并列所有当时参战国的国旗和碑文,包括战败国日本。

二〇一八年八月

题翡翠色大海螺

闲游小店望橱窗,不意相逢候主长。
翡翠流纹飘细彩,晶莹隐画闪轻光。
心空已胜千重难,号响将收百乐章。
此去何妨南到北,剑池深邃亦通洋。

二〇一八年八月

新西兰

题孙女新西兰旅游照

似曾相识彩云归,峡谷临空已放飞。
恰我轻舟拖浪处,新姿靓影映明辉。

二〇一六年七月

奥克兰转机借宿记

借宿三逢雨夜寒,回眸盛夏虐江南。
嘈喧涌浪清幽退,可作归途小港湾?

二〇一八年八月

夜飞基督城

雪峰云海霞红夜,灯彩车流客亮星。
地动难收原态秀,生机勃发唤黎明。

注：新西兰第三大城市，花园之城，也是新西兰南岛最大的城市。2011年2月因发生大地震，损失惨重。

二〇一九年十月

俯瞰基督城偶成

一城安逸晚风凉，人祸天灾心已伤。
希望依燃工地火，绵延人路日方长。

注：从基督城进入南岛，又从南岛离开，顺道登上维多利亚公园山，基督城尽收眼底。这曾是个多灾多难的城市，2011年2月22日强烈地震和2019年3月15日枪击事件，都给该城留下难以磨灭的创伤。

二〇一九年十月

湖天孤树

深根水浪独春秋，背倚雪峰亲岸楼。
四海同欢日间事，繁星陪夜满枝头。

注：位于新西兰瓦纳卡湖，已有70多年的树龄。孤零零的一棵树，却最不孤独，每天都有来自全世界的游人前往围观、拍照。

二〇一九年十月

南岛重阳节看日落留句

匆匆岁月又思乡，我与雪峰共夕阳。
不老天涯奋攀路，无穷乐趣下南洋。

二〇一九年十月

游特卡波湖恰逢己亥秋重阳节有记

一汪碧水透苍穹，远客秋来花绿丛。
树立岸边云好聚，山藏湖底雪难融。
教堂引浪单间旺，牧犬追风百态雄。
不意回眸添喜悦，恰逢九九夕阳红。

注：该湖位于基督城与皇后镇之间。湖边的好牧羊人教堂建于1935年，几十平方米，其哥特式木石结构在新西兰是独一无二的。教堂不远一只牧羊犬的雕塑，雄姿屹立。这是对先驱者的一种称颂和铭记。从教堂望去，南阿尔卑斯山壮观的景色一览无遗。

二〇一九年十月

米尔福德峡湾游记

密林开道艳花颜，晴雨交融各不闲。
白顶闲妆遮白雾，千流动画挂千联。
一湾激浪船追海，两壁悬崖岸上天。
第八奇观谁予论，引来四海众游仙。

注：位于新西兰南岛，世界自然遗产。有名人称之为"第八世界奇迹"。

二〇一九年十月

| 采 | 诗 | 天 | 下 |

库克山塔斯曼冰川

残雪峰头山道长,浓云难罩古来荒。
吊桥急步随风晃,峡谷欢流绕石忙。
热客逢缘浇透雨,冰心躲爱裹重装。
蓝光绿影千秋静,不悔匆匆惹目光。

注:位于新西兰南岛,世界上最长的冰川之一,长29公里,宽3.2公里。到达冰川,必须要步行约十公里的峡谷小路以及两座人行吊桥,途中时雨时风。

二〇一九年十月

摩拉基大圆石

谁抛球石落海边,谜底深埋沙砾间。
磨难千秋出头日,功成圆满逗人闲。

注:位于新西兰南岛,离奥马鲁市38公里。这些大圆石是方解石的凝结物,形成于6500万年前。

二〇一九年十月

华人村留句

漂洋过海叹如何,峭壁当墙草搭窝。
几代艰辛风雨泪,繁华时日可鸣锣。

注:位于新西兰南岛箭镇。一百多年前,华人矿工在这里留下了艰辛的足迹,令人心酸。

二〇一九年十月

剪羊毛

绿地蓝天肥健羊,扬波利剪卷毛光。
一番表演丰收满,客涌销场选暖装。

一九九八年十二月

罗托鲁瓦火山口

发作疯狂记史篇,仍张大口欲吞天。
临空探望心绷紧,深怕醒来无瞬间。

注：位于新西兰北岛中部，火山口熔岩呈暗红色，犹如血口朝天。

一九九八年十二月

北马里亚纳群岛（美）

塞班岛蓝洞

深潭漫壁洞门开，暗处清风送冷来。
浮客倾心水光秀，蓝波几缕始登台。

二〇一八年七月

天宁岛喷水洞

火山岩洞暗中通，浪聚千头欲霸空。
怒吼如雷惹期待，却腾几丈小来汹。

二〇一八年七月

二战中投掷日本两原子弹组装地天宁岛留句

四周林茂百花荣,小胖男孩此诞生。
历史翻开沉重页,狂心陪葬两悲城。

注:胖子、小男孩系两颗原子弹的代号。

二○一八年七月

关岛(美)

关岛印象

不沉航母恋南洋,哑弹朝天绿梦长。
游客匆匆来与去,女神不语望茫茫。

注:关岛也有一尊自由女神雕像,据说是全美两尊之一。

二○一八年七月

纽埃

洞中观赏"洋瀑"歌

堤横溶洞浪方遒,翻越随时瀑未休。
初始涓涓金峭壁,复将浩浩雪洪流。
冲腾粉碎勾纱幔,迴荡轰鸣贯耳飕。
奇景无名我留句,当收远客几多愁。

注:大洋瀑布,即"洋瀑"也。在纽埃岛太平洋岸边,一坝拦洞,潮水不时翻越,形成瀑布,激浪冲腾,令人流连。

二〇一八年八月

大小蓝洞留句

一双蓝洞眼传神,绿染弯眉总是春。
漾荡情波三万里,迎来天下有缘人。

二〇一八年八月

蓝洞击水

澎湃潮流霸气浓,半圆泳道跨天穹。
惊心穿越随波去,回首浮身翡翠丛。

二〇一八年八月

"黄金"洞

辉煌满目疑存金,欣赏如常不动心。
眼福何愁天下景,心安不恋洞中琛。

二〇一八年八月

瑙鲁

鸟粪致富之弹丸岛国

大洋孤岛四方空,绕走无非半日功。
跑道东西洋晃荡,飞机上下国喧隆。
鸟留矿富财生路,人采山空石立丛。
富缘已远忧愁近,国矮三分畅热风。

注:世界最小的国家之一,面积21平方公里,人口1000多。千秋岛类堆积成磷酸盐矿,开采后出口,成为经济支柱。采矿使原海拔100多米缩成了70多米,矿源已经枯竭,国家和民众由富变穷。

二〇一八年八月

鸟粪下的日军二战碉堡现形记

硝烟散远已无言,矿尽山低又现痕。
鸟粪堆中藏暗堡,光天日下露残垣。

坡留锈炮阴森口，洞困亡魔破碎魂。
腥臭当年污秽处，镜头正对鸟飞喧。

注：二战时，日本侵略军在南太平洋岛国，修建了无数碉堡。在瑙鲁，鸟粪挖尽，暗堡浮现。

二〇一一八年八月

密克罗尼西亚联邦

南马都尔遗址游记

遮天阔叶路荫浓，忽展神奇热来风。
水木盘根知定力，火山巨石惑堆功。
洋边殿宇奢城固，礁上天堂乐景融。
处处谜团难予解，帝王总想霸时空。

注：南马都尔遗址，世界文化遗产，位于南太平洋密克罗尼西亚联邦共和国。统治者利用犯人把这座古城建造在海岸边的礁石上，由一系列小型人工岛组成，用重量达

几吨至几十吨不等的火山石块构筑，难度不亚于建造金字塔。其建筑技术，仍旧谜团重重。

二〇一八年七月

马绍尔群岛

小岛游记

任性轻舟向远荒，闲情满载又追狂。
风长洋阔盘云亮，岛小椰高累果黄。
沙雪铺滩玩印景，珊瑚起舞潜观光。
奋当击水沉浮乐，不负深流闻烤香。

注：马绍尔群岛共和国，在上海东南约4500公里处，由1200多个大小岛礁组成，人口约6万。前往小荒岛浮潜、游泳、烧烤等是其旅游特色。

二〇一八年七月

核爆试验场之岛国

核爆年年暴虐狂，大洋炼狱永开张。
无边怨满滔滔浪，一霸登峰几罪殃。

注：马绍尔群岛共和国于 1986 年才宣布独立。此前由美国托管，1946 年至 1958 年期间，在此核爆数十次。

二零一八年七月

库克群岛

南太平洋之潟湖

大洋浩荡却留闲，漫步遛湾浪未连。
礁岸银沙鱼晃乐，椰林金果影沉鲜。
悠姿潜客多洲彩，舞态珊瑚独景嫣。
鸥鸟临空追热闹，潟湖亦是九重天。

注：太平洋潟湖，即在大洋与岛岸之间，被沙嘴、沙

坝或珊瑚分割而与外部大洋既分离又相通的水域。因为相对水浅,景美,对游人实用,适合游泳、浮潜等各类水上活动。如新喀里多尼亚潟湖、大溪地潟湖、库克潟湖等。

二〇一八年七月

图瓦卢

即将被淹没的国家感叹

洋面升高岸未浮,难违天意诉何求。
长堤裸体千潮荡,狭岛蛮腰一浪休。
树木根空摇已坠,村居梦碎醒将愁。
国沉水下无去处,云涌天边堆蜃楼。

注:该国由9个珊瑚岛组成,陆地面积约26平方公里,一万余人,世界第二岛国。由于地势极低(最高海拔仅4.5米),海平面上升,使之面临沉入海底的严重威胁。

二〇一八年八月

南太平洋之晚霞

追寻奇丽远流连,岛尽西头落日圆。
烈焰冲天三万丈,彩光落幕半边天。
如花浪闪红蓝秀,似雪潮推厚薄篇。
但见乌云忙点缀,人逢梦境欲飘仙。

二〇一八年八月

瓦利斯和富图纳(法)

墨 城

丛林暗处古来风,一片焦岩废丽宫。
厚黑纵横留客处,似经火海再时空。

注:位于法属瓦利斯岛,500多年前用黑色火山岩建造的王宫城堡,规模宏大。从城墙遗址看,当年的城墙厚达两米左右。整个遗址望去一片黑,故称"墨城"。

二〇一八年七月

|采|诗|天|下|

瓦利斯岛雨林游记

椰球不意落沙窝,伞下留惊无奈何。
阔叶随风雨敲鼓,一洋澎湃浪高歌。

注:瓦利斯岛,面积242平方公里,人口一万多人。一岛碧绿,开发不多。

二〇一八年七月

汤加

三石门留句

巨石三条垒大门,征军出进过旗云。
依然头缕阳光地,王国辉煌已旧闻。

注:三块巨石砌成的大拱门,高达5米,巨石重约40吨。建于1200年前,当年国王出征前必须由此门经过。这里还是看到世界第一缕阳光的地方。

二〇一八年八月

天然泳池游记

礁岩挡道筑长堤,怒浪围观天上池。
翡翠余波逐云乐,人生忘我奋拼时。

二〇一八年八月

喷潮洞体验记

喷口圆圆似井台,惊心傍坐滚雷来。
无情一柱冲天落,吞噬瞬间开乐怀。

二〇一八年八月

飞来峰山留句

神奇平地立峰山,翠绿依然草木欢。
敢乘长风飞百里,遂成洋岸一奇观。

注:平地上矗立着像小山又像奇峰的巨物,据说是飓风从百里外刮来的。称之为峰山更合适。

二〇一八年八月

基里巴斯

夜乘简舟摆渡大洋湾

夜临碧绿墨沉湾，一叶轻舟不问宽。
脚荡潮波恐生趣，抬头星斗亮垂团。

注：在基里巴斯的首都塔拉瓦，欣赏落日，要乘坐木制简舟摆渡相隔的大洋湾前往一小岛。木舟一次可带走8人，人须侧坐挂脚，脚漫水中。回程则是夜路，野渡口没有灯光，踏水摸黑上船，有恐也有趣。

二〇一八年七月

基里巴斯奇趣

基里巴斯，国土分布最分散的国家，陆地面积811平方公里，海洋专属经济区面积350万平方公里。赤道和跨国际日期变更线在此交叉，东西南北四个半球在此交汇，这是世界上唯一的。可以想象，如果你站在交叉点上，身体的左边和右边时间是不一样的；如果仰卧在交汇处，手脚

就会同时到达四个半球,无比奇妙。诗云:

八方洋浪一汪天,国土如珠撒浪巅。
春夏秋冬千岛缺,东西南北半球全。
今明界线虚为实,得失光阴梦入玄。
景趣难添棚户乐,百珍山水却开筵。

二〇一八年七月

瓦努阿图

亚苏尔火山喷发观赏记

远望峰巅云怒升,夜临血口欲吞星。
眼前冒气烟难尽,脚下沉雷响未停。
烈焰风腾霞彩画,熔岩片涌礼花屏。
赤流漾荡居深谷,似探何时闹不宁。

注:位于瓦努阿图的塔纳岛,海拔300多米,已喷发几百年,从现场看曾经大规模喷发过。目前处于小规模喷

发状态,是世界上极少数可以近距离观看的火山之一。

二〇一八年八月

海底邮局

万里鱼乡邮路通,诚心深潜探真容。
沉洋更是传情远,今与同框忘寄封。

注:这座世界独有的水下邮局,在维拉港附近的小岛边,离沙滩有五六十米远,建在海面以下3米深的地方。

二〇一八年八月

新咯里多尼亚(法)

让·马里·吉巴乌文化中心留句

茅屋魂依壳竖琴,光芒四射任回音。
未完成态椰林曲,同奏十元常奋心。

注：位于新喀里多尼亚首府努美阿。以颂扬该岛国土著文化为设计理念，中心由十个不同的规模和功能的单元组成，但外形都具有一致的垂直放置的壳状结构，类似于传统茅屋。这种被刻意赋予的"未完成的"外观，激励着当地的人们。

二〇一八年七月

太平洋石头鱼趣观记

珊瑚边上不知它，几块石头静闪花。
一动人惊吹泡处，浮身穿浪似回家。

注：石头鱼不动时像石头，身长30厘米左右，喜欢躲在海底或岩礁下。不小心踩着了它，就会向外发射出致命剧毒。

二〇一八年七月

斐济

在南太平洋参观和平方舟感赋

方舟使命伟如峰,驶向深蓝圆梦中。
舷号祥和知任重,银装亮丽映旗红。
送医百姓精医汇,留爱千乡大爱融。
喜见亲人忙与序,洲洋缘分笑相逢。

注:南太平洋旅游,巧遇海军和平方舟医疗船访问斐济,当地病人则充满感激。我的敬意、自豪感油然而生。

二〇一八年八月

"总统村"传奇

闹童静老果花香,远客纷纷探细详。
石墓教堂皆守正,草房彩舍各扬长。
村生总统名声涨,史有奇观魅力强。
大浪淘沙摧丑陋,腥人成佛太平洋。

注：斐济楠迪市的维塞塞村，曾是有食人陋习的愚昧部落，现代文明使之发生巨大变迁，成为一个走出国家总统的村庄。

二〇一八年八月

登山参观原住民村并远眺太平洋落日

晚景登峰款款临，饮干卡瓦欲钩沉。
日光垂丽洋描画，山浪延绵草镀金。
笑捧夕阳留自己，苦吟妙句送知音。
游踪历历余生乐，独我轻弹心上琴。

注：在斐济，攀峰越岭参观访原住民村，村民待以有历史有故事的卡瓦酒，这是一种欢迎客人的传统礼节。尔后在山顶上远眺落日中下的被遮掩的小块太平洋，浮想联翩。

二〇一八年八月

山间偶遇年轻人玩水

大洋日夜已寻常,偏爱悬崖山水塘。
攀树纷纷追影去,青春闹意叹疯狂。

二〇一八年八月

萨摩亚

萨摩亚印象

教堂遍布岛城乡,彩墓相依房屋旁。
树上面包椰腹水,无神有主不求忙。

注:太平洋岛国萨摩亚,人口十几万,信天主教。但该国有一个特殊现象,即死去的亲人很多就埋在房前屋后,继续"生活在一起",又像"无神论"者。该国食物丰富。饿了,树上有面包果;渴了,有椰汁;还有海鲜。何况政府还保障最低生活水平。因此,不用忙,即使不干活也不用愁生活。

二〇一八年七月

《金银岛》作者故居留句

湛蓝深处绿庄园,红瓦白楼闭亮窗。
短暂人生长病路,金银岛主已心安。

注:罗伯特·路易斯·史蒂文森,19世纪后半叶英国伟大的小说家。代表作品有长篇小说《金银岛》《绑架》等。1890年于萨摩亚购地建房,1894年病故,终年44岁。原住房现为史蒂文森博物馆。

二〇一八年七月

美属萨摩亚

美属萨摩亚大海啸发生地凝望太平洋

身临石岸踏雷台,合体天洋眼界开。
云散生花多变去,龙腾卷雪几重来。
双山有爱潮流碎,一啸无情骨肉哀。
福祸相依常任性,今怀壮丽任徘徊。

注：美属萨摩亚系萨摩亚群岛的一部分，位于太平洋深处，2009年在此发生八级地震并引发大海啸，村庄夷为平地，上百人死亡，现建有纪念碑。此处太平洋风光迤逦，潮浪卷龙，无比壮观，还有夫妻岛等景点。

二〇一八年七月

法属波利尼西亚

大溪地潜观鲨鱼留句

翡翠融波七彩光，潜身如愿压惊慌。
鲨群侧过悄悄我，浩瀚缘深各一方。

二〇一八年七月

甘比尔群岛（二首）

豪岛机场

中转机场屿上坪，几排椰树送和迎。
登船劈浪何方去，客自轻松神不惊。

注：前往皮特凯恩群岛中转小机场，航站楼只有200多平方米。航班到达和离开时，热闹拥挤。到达的游客分别由小船接往约一个小时航程的里基提亚小镇。

二〇一九年十月

里基提亚即景

依山散舍教堂尊，坑坎村街雨送浑。
闯荡天涯飘渺处，老乡店铺独开门。

注：位于曼加雷瓦岛，甘比尔群岛的行政中心，依山面洋，人口500多人的小村镇。在此办理手续，再乘小船才能登上前往皮特凯恩群岛的货轮。令人惊讶的是如此天涯偏僻处，居然有一对来自中国的夫妻养殖海产，还在小街上开了一家店铺。

二〇一九年十月

采诗天下

皮特凯恩群岛(英)

前往皮尔凯恩群岛途中有记

一方神秘亮黄昏,故事流长史刻痕。
万里穿云何觅处,三天劈浪始逢村。
主人泊岸迎新客,住屋高坡敞旧门。
山路泥泞豪放雨,而今了愿感时恩。

注:该群岛面积4.7平方公里,现有五十多人在此定居。它是当今世界230多个国家和地区中最难到达的地方之一,飞机航程除外,在太平洋的风浪中,吃住货轮至少三天,却是旅游热点地区。

二〇一九年十月

皮特凯恩群岛游记

追寻上下入诗文,岩缝栖居落魄魂。
登陆悬崖留印记,沉船海底盼天尊。
洞生双眼观洋景,龟守单身缩草墩。

但见鱼群多彩动，我抛饵线钓乾坤。

注：1790年1月15日，英国海军"邦蒂"号9名哗变水手和18名塔希提岛男女居民，躲藏此岛并定居，事后又把战船炸沉入洋。当年登陆的海滩、攀登的岩山，以及开头躲藏的山洞都成今人的旅游点。岛上的一处山峰上，有两个相连的大石洞，成了瞭望哨。岛上还有一只孤独地活着的大海龟，谁也不知道它的来历。

二〇一九年十月

皮特凯恩群岛偶成

突兀波洋几座峰，民居散落艳花丛。
奇观史迹交融处，百事随风浪万重。

二〇一九年十月

天涯孤树

离岛礁岩自立峰，高光独树见威雄。
长风巨浪皆无奈，更显春光绿一丛。

注：在岛附近的一座大礁石上，独自生长着一棵树，任凭风浪，不屈不挠，令人敬佩。

二〇一九年十月

天涯聚餐

星光云彩望洋宽，主客相邀喜聚餐。
厨艺难分各风味，天涯一席举杯欢。

注：临别前的一晚，主人一家与我们聚餐，各展手艺，别有风味。

二〇一九年十月

天涯送别

摩托粘泥聚码头，主人空岛影中留。
一波远客欢心去，送别依依浪卷愁。

二〇一九年十月

第七辑 采诗天下之北美洲篇

|采|诗|天|下|

联合国总部

卷曲之枪支

似可撑天一大楼,枪支捲曲寄深愁。
和平愿景人间梦,何日祥云共五洲。

注:纽约联合国大厦前的标志性雕塑《打结的枪》。

二〇〇二年十一月

参观大会会场

八方赠品创思浓,引领观程步会宫。
激辩硝烟沉未散,休闲气氛静随空。
开心闪任神州使,合影长陪祖国龙。
笑望舞台通万里,弘扬正义乘东风。

注:总部花园、走廊里都可以看到各国赠品。大会会场座位前的桌子上,看到中国(英文)的标记,我们无比激动。

二〇〇二年十一月

加拿大

加拿大深秋即景

无边林海泛秋涛,枫火熊熊遍地烧。
随手敲枝千片落,独飞一叶恋旗飘。

注:加拿大国旗上有一枫叶图样。

一九九九年十一月

多伦多招商会

雪地冰天风雨狂,心忧会议冷开场。
谁知加座门庭旺,魅力苏州引客商。

一九九九年十一月

格陵兰（丹）

格陵兰留句（二首）

之一
浪天独大据寒洋，一派冰封万古长。
冷景频生冻中酷，雪留印记盖游章。

之二
雪融短夏半消颜，木屋彩妆初面天。
总是匆匆来往客，不留冷梦笑逢缘。

注：典型的极地气候，终年严寒。约 2.16 万平方公里，百分之八十终年冰冻。沿海地区夏季气温可达零度以上。

二〇〇七年八月

美国

再访世贸广场

借宿匆忙不愿闲，废墟不再已新篇。
双池闪瀑惊魂泪，众塔流光闹市天。
展翅白鸥飞入梦，闲身彩客逛成仙。
几回忆境相逢处，但见星辰总漠然。

注：2017年3月，前往加勒比海行程中借宿纽约一夜，虽然天气不好，旅者不愿意闲着，就租车再游世贸大厦遗址。重建后的纽约世贸中心包括6座摩天楼，中心遗址建设了巨大的水池。而水池外壁，刻上了遇难人的名字。还有转运中心，像一只白色的展翅欲飞的大鸟，印象深刻。

二〇一七年三月

|采|诗|天|下|

凭吊世贸大楼遗址

花献无坟不断人,双楼已逝望泥尘。
深秋冷雨女神泪,难慰亡辜不散魂。

二〇〇二年十一月

大峡谷

谁撕大地裂深沟,峭壁千层鹰漫游。
百里轰鸣流不见,高湖揽月照沙丘。

一九九八年十月

友城中秋

万里中秋波特兰,酒红明月共欢颜。
假山曲水留洋去,今送友城一古园。

注:美国波特兰是苏州的友好城市,2000年中秋,一

座苏州园林在该市建成开业。

二〇〇〇年九月

深秋偶成

朦胧雨笔画秋身,青绿红黄彩树林。
一阵冷风才路过,万千落叶已寒心。

二〇〇二年十一月

无 题

曾逛白宫红绿厅,隔栏今日望南坪。
景观如故风云变,几度抬头不放晴。

注:蓝、绿厅皆为白宫餐厅名。

二〇〇二年十一月

亚特兰大奥运公园晨练（外一首）

奥运公园火炬台，图文碑记路边排。
轻操快步淋晨雨，相约五环同畅怀。

访《飘》作者故居

大厦难遮小屋光，红墙白柱亮灯窗。
披风冒雨寻居路，早已随飘耀四方。

注：《飘》是美国作家玛格丽特·米切尔创作的长篇小说，以亚特兰大以及附近种植园为故事场景，电影《乱世佳人》即改编自此作。故居离我们住地不远，恰逢风雨天抽空拜访。

二〇〇二年十一月

墨西哥

再游羽蛇神金字塔（外一首）

古塔今迎新旧客，几多故事绎神奇。
活人祭祀家常事，谁解千秋玛雅谜。

注：位于墨西哥奇琴伊察，世界新的七大奇迹之一。玛雅人用活人祭天，再游时特意关注金字塔边的用活人祭祀的古球场和水池。

二〇一四年三月

羽蛇神金字塔

巍峨拔地远凡尘，静候千秋日月巡。
智慧通天迎灿烂，阳光蛇影动如神。

注：该塔高约30米，四周各91级台阶，再加上塔顶的羽蛇神庙，共有365阶，象征一年365天。春分和秋分

的日落时分，北面台阶的边墙会在阳光照射下形成弯弯曲曲的 7 段三角形，连同底部雕刻的蛇头，宛若巨蛇从塔顶向大地游动，幻像每一次持续 3 个多小时。

二〇〇八年六月

再登日月金字塔有寄（外一首）

云天双塔古来风，游客匆匆叹永恒。
再度攀登追惬意，无情岁月已留情。

注：再登时，已过花甲之年，岁月无情也是有情。

二〇一四年三月

登日月金字塔留句

日月神居金字塔，方锥倒扣似山峰。
当年最是繁华地，攀顶方知四面空。

注：位于墨西哥城东北方向 40 多公里处。墨西哥人祖先信奉月亮神和太阳神，用石头分别垒成两个金字塔象征

日神、月神的居住地。太阳金字塔5层高63米,塔基规模为225米×222米。月亮金字塔4层高46米,塔基规模为150米×120米。有峭陡的石阶攀顶,极为壮观。

二〇〇二年十一月

深潭游记

地陷涌波千尺潭,几洲肤色闹腾欢。
仰游忽见天如洞,过眼浮云井下观。

注:在奇琴伊察附近有个天坑,是天然的泳池。游过大洋大海江河湖泊小溪小池,独未下深潭,今日如愿。

二〇一四年三月

坎昆之晨

云日和风飘阵雨,蓝涛碧浪送银波。
几飞鸥鸟空忙碌,十里金滩脚印多。

注：坎昆系墨西哥著名旅游城市，位于墨西哥尤卡坦半岛东北端。

二〇〇八年六月

生日礼物

太阳高挂地球西，遥念神州过子时。
购月送孙生日礼，蛇神居处寄心思。

注：恰逢属蛇的大孙女生日，购月亮神作礼物，给梦中的她送去遥远的祝福，并口占此绝。

二〇〇二年十一月

危地马拉

玛雅金字塔留句（外一首）

七十斜度石阶陡，恰似天梯绕彩云。
不与神明争上下，木头栈道我登临。

注：危地马拉东北部热带丛林深处的提卡尔国家公园，它是规模最大的玛雅古城之一。矗立着6座金字塔，其中一座高达70米，搭有木头栈道，让游人登高望远。

登玛雅金字塔望远

无边无际丛林海，金字塔尖扬墨帆。
一阵天风催绿浪，起航破浪逛天蓝。

注：沿着木头栈道登上玛雅金字塔，极目远望，黑色的塔身，高出林海部分，远看如帆。

二〇一四年三月

伯利兹

击浪观海篇（二首）

之一
人鲨共舞和谐曲，海草丛中卧彩螺。
不尽珊瑚生璀璨，水晶宫里静无波。

之二
沉浮深海游翁乐，击浪扬波鱼不惊。
深处茫茫皆翡翠，笑将无价换身轻。

注：伯利兹珊瑚礁，世界自然遗产，浮潜观海，珊瑚动画，鱼群游彩。

二〇一四年三月

萨尔瓦多

玛雅人家园遗址感叹（外一首）

滚滚熔岩夜灭门，万千梦境裹深尘。
千秋虽有出头日，玛雅家园无主人。

注：萨尔瓦多的早期玛雅人的民居遗址霍亚-德赛伦，是早期玛雅人居住地，大约于公元600年由于火山喷发而被掩埋。1976年被挖掘出来，现为世界文化遗产。

参观玛雅村留句

文明泯灭迹留残，人种千秋照续延。
风雨茅屋挺如故，且当景点会游仙。

二〇一四年三月

洪都拉斯

科潘玛雅遗址感赋（二首）

之一
老藤古树密林荒，庙塔神坛几废场。
深探方知藏宝境，三千年后叹辉煌。

之二
布局谋篇气势宏，神工雕刻铸精灵。
铭文玄妙谜无底，老树难言鹦鹉鸣。

注：位于洪都拉斯西部，世界文化遗产，三千多年前的玛雅古都。遗址包括金字塔、祭坛、广场、庙宇、石阶、石碑和雕刻，还有难以破解的文字等。科潘古都的鼎盛、衰落，并被遗弃，留给今人的都是谜，一眼望去古树矗立，老藤垂挂，艳丽的鹦鹉飞来飞去，给人以神秘感。

二〇一四年三月

哥斯达黎加

阿雷纳火山夜宿（外一首）

忐忑心思陪火山，开窗对望一身寒。
终年怒气云腾雾，唯有虔诚道晚安。

注：位于首都圣何塞西北大约147公里处，海拔1633米，是世界上最活跃的火山之一。

温泉河之夜

热闹溪河热雾悬，暖流挂瀑泡游仙。
淡然夜幕无归意，千洞星光落树巅。

注：火山附近有着数条热气腾腾的温泉河，每天都吸引着大量游客。

二〇一四年三月

巴拿马

巴拿马运河大闸游记

少年知晓望苍茫，约会今朝期待长。
百岁欣欣古稀乐，笑逢盛世跨洲洋。

注：1964年1月12日，毛主席发表了《中国人民坚决支持巴拿马人民的爱国正义斗争》的谈话，那时即知远方有个叫巴拿马的国家。50年后，正值巴拿马运河通航100周年之际到此参观，巧逢中远"盛世号"货轮过闸。

二〇一四年三月

古巴

巴拉德罗海滩二首

之一
一树红花遮日光,银滩如卧美姑娘。
轻波细浪浮身乐,更惹游人醉意狂。

之二
蔗林深处有天堂,三面洋波半岛长。
树木参差需时日,五星宾馆送荒凉。

注:巴拉德罗海滩是古巴最著名的海滨游览胜地。

二〇〇八年六月

哈瓦那印象

一湾洋浪守城门,古堡依然炮锈身。
车不成流喧闹少,乌云密布亦安神。

二〇〇八年六月

哈瓦那海滨夜浪

月垂海阔淡青光,谁引雪龙怒吼狂。
惊醒临窗远思绪,孙孙此刻上学忙。

二〇一四年三月

加勒比海日落

西沉未了一天愿,化作霞光染万重。
目送辉煌异乡客,不分肤色共披红。

二〇一四年三月

云尼山溶洞留句

白舟黄水八方迷,神似形如任跑题。
又是深藏洞中景,几多相像各称奇。

二〇一四年三月

题古巴岩壁画

大山峭壁铺青纸,再现史前生态图。
不笑裸身徒手战,但悲导弹论赢输。

二〇一四年三月

▎加勒比海地区

前往加勒比海地区旅游借宿纽约偶成

身临灯海夜推窗,带我心神飞远方。
大浪淘珠远洋处,采诗小岛阅风光。

二〇一七年三月

采 | 诗 | 天 | 下

加勒比海之旅回眸

小岛浮珠海与洋,珊瑚深处舞姿狂。
风湾碧浪帆千里,色彩沙滩梦四方。
亮丽教堂人气热,苔斑城堡炮身凉。
沿途对话哥伦布,独立称臣旗各扬。

二〇一七年五月

牙买加

蓝山 - 约翰·克罗山脉感赋（外一首）

人文山脉已相融,胜景深藏海送风。
凤蝶纷飞亲彩瓣,黑鹂好斗恋青丛。
逃亡奴隶天堂绿,载誉咖啡雾境红。
欲探攀登何去路,碑前留影向峰穹。

注:位于岛国牙买加,山高林密,道路崎岖。曾是黑人奴隶逃避奴役的避难所,后有享誉世界的蓝山咖啡,无

愧是自然与文化双遗产。黑鹂即牙买加黑鹂,凤蝶即荷马凤蝶,皆为该山脉珍稀物种。

二〇一七年四月

蓝山咖啡

山岭云横涧水清,咖啡乐土墨园丁。
果枝累累花留雪,更艳蓝山天下名。

二〇一七年四月

巴哈马

粉色沙滩游记

人间奇境几回寻,今展平铺客远临。
碧浪淘腾留彩粒,金光透射露晶心。
桃花落瓣纷纷碎,少女飞霞淡淡沉。

不负金银墨之色,开怀拥抱粉天琛。

注:位于岛国巴哈马的哈勃岛,被称为世界上最性感的海滩,长约5公里,粉色沙砾。该国面积1.38平方公里,人口近40万,首都拿骚。

二〇一七年四月

特克斯和凯科斯群岛(英)

索尔特珊瑚礁

翡翠拥波波下奇,赤橙黄绿舞千姿。
纵身更染多肤色,上下沉浮动画诗。

注:位于英属特克斯和凯科斯群岛,世界自然遗产。该岛面积430平方公里,人口3万多。首府科伯恩城。

二〇一七年四月

海地

拉米尔斯城堡（外一首）

恢宏不负九天陪，城立悬崖谁予摧。
炮口瞄将远来盗，翻身奴隶第一回。

注：位于岛国海地，于19世纪宣布独立时建造的。该国面积2.77万平方公里，人口1000多万，首都太子港，是世界上最不发达的国家之一。

二〇一七年四月

垃圾山

白云环绕常无景，垃圾堆高亦有峰。
日夜波涛咽不下，一群八戒拱汹汹。

注：海地贫穷的表现之一，遍地垃圾。有的垃圾在海边堆积成小山，竟有云雾环绕。

二〇一七年四月

多米尼加

哥伦布灯塔纪念馆感叹

灯塔长楼巨似轮,远来舵手亮乾坤。
扬帆不畏途多险,劈浪方知命少尊。
化解千危驱死难,抗争百病铸神魂。
登临常用刀枪炮,带血文明送上门。

注:位于岛国多米尼加,是在1992年为了纪念哥伦布发现美洲新大陆500周年而建造的。灯塔造型奇特,外观像大楼,更像巨轮,象征着哥伦布驾驶航船带来了欧洲文明。大门迎面是哥伦布的象征性墓地(真正葬于何处至今是个谜)。然后是两座又高又长的建筑,形成了"一线天",那里是纪念品陈列馆。

二〇一七年四月

波多黎各（美）

莫罗要塞

布局悬崖浪不休，高标城廊傲春秋。
岗亭守旧墙苔落，射孔迎新海景浮。
欲觅阴刁钻暗堡，但穷远阔上明楼。
当年炮火连天地，风展三旗泯恨仇。

注：位于美属波多黎各首府圣胡安，是其防御体系中极其重要的一部分，面海临崖，格局完整，层次分明，攻守兼备。建于16世纪，现为世界文化遗产。三旗指美国国旗、波多黎各旗和西班牙军旗。此岛原是西班牙殖民地，城堡也是西班牙人修建的，后来因战败，归美国占有，挂三旗有尊重历史之意。

二〇一七年四月

|采|诗|天|下|

美属维尔京群岛

维京群岛乘船从英属到美属有记

白云雪浪共银帆,绿岸红楼互醉酣。
一片游心跨英美,海天隔岛比鲜蓝。

二〇一七年四月

英属维尔京群岛

注册楼前的感慨

楼前静静彩旗扬,京岛漂浮商海洋。
天下钱翁钟爱处,皆因避税一天堂。

注:英属维尔京群岛,153平方公里,约3万人。企业避税的天堂。当年工作时,常遇到注册维尔京群岛的公司,感到神秘,想不到退休后到此旅游,依然神秘。

二〇一七年四月

安圭拉(英)

安奎拉酒店风光

一湾碧水荡银沙,椰树回眸百艳花。
亮丽奢豪海生景,千方梦境忘天涯。

注:英属安奎拉,面积为91平方公里,人口约1.1万,白色的海滩,兴旺的度假酒店,成为一道亮丽的风光。

二〇一七年四月

安提瓜和巴布达

击 浪

夕阳陪伴共黄昏,大浪层层欲夺魂。
君化霞光千万缕,海天一色我为尊。

注：住进岛国安提瓜和巴布达的一家海滨酒店，在落日与大海中畅游。该国国土面积442平方公里，人口约9万，首都圣约翰。

二〇一七年四月

圣基茨和尼维斯

硫磺山要塞

水岸楼兴多彩城，火山已睡压千惊。
残垣可见恢弘影，锈炮犹闻暴烈声。
低堡高台攻应守，明廊暗道纵连横。
殖民混战硝烟远，诚意迎来天下情。

注：位于岛国圣基茨和尼维斯，占地0.15平方公里，建筑布局糅合了英国和当地的风格，成为十七、十八世纪城堡的典型范例。该国国土面积267平方公里，人口约4.7万，首都巴斯特尔。

二〇一七年四月

蒙特塞拉特（英）

火 山

狂时日夜吞天地，半睡依然怒气浓。
恋故人们难舍去，鸡鸣深处果垂红。

注：英属蒙塞拉特岛面积103平方公里，约5000人。1995年7月18日火山爆发，本岛多处被毁灭，致三分之二人口外逃。至今火山仍在冒烟，处于活动期，但还是有不愿离开故土的人们生活在这里。

二〇一七年四月

瓜德罗普（法）

卡贝茨瀑布

岛立群山树涌涛，清流汇聚志当豪。
登攀峭壁追云去，大海掀波难比高。

注：位于法属瓜德罗普，面积1780平方公里，人口40余万。从火山倾泻下来三个瀑布，第一个为125米多，第二个为110米，第三个为20米，水量最大。海岛的瀑群给人的印象是非常深刻的。

二〇一七年四月

多米尼克

多米尼克印象

三峰喧闹瀑双扬，歇网彩舟空荡忙。
绝景高居惊险处，沸腾湖热我心凉。

注：岛国多米尼克，其三峰山为世界自然遗产，位于此山的沸腾湖堪称一绝。沸腾湖实为地壳的裂口，喷发的热水像烧开了锅，颇为壮观。该国面积751平方公里，人口近8万，首都为罗索。

二〇一七年四月

马提尼克（法）

奴隶纪念碑

血腥灾祸黑人泪，大海深埋恨与仇。
肥胖身躯神暗淡，前方故土是他洲。

注：此碑位于法属马提尼克，1128平方公里，人口约40万。此碑立于该国南部海边的山坡上，有20个高达两米多的白色石头雕像，他们向前弯曲着矮胖的身体，朝向大海。这是为了纪念因在1830年满载奴隶的船只撞山而沉没丧生的人们而修建的。

二〇一七年四月

圣卢西亚

沃尔科特广场感赋

火山余怒冒烟尘,无碍蓝湾下客轮。
古树欣欣催斗志,方碑默默铸精神。
天才各亮巅峰彩,雕像同陪故里人。
四季花香海吟诵,名篇不朽永青春。

注:位于岛国圣卢西亚首都卡斯特里,广场长宽各100多米,原名哥伦布广场。1992年,小镇上出现了诺贝尔文学奖获得者德瑞克·沃尔科特,广场因此改名。1979年诺贝尔得主威廉·阿瑟·刘易斯,也诞生于此。广场原有一棵400多年的古树,还有一座纪念阵亡士兵的白色方碑,现在再加上两位诺奖获得者的雕像,成为令人仰慕的旅游景点。该国国土面积616平方公里,人口约17万,居然诞生两位诺奖得主,已成为美谈!

二〇一七年四月

圣文森特和格林纳丁斯

岛国即景（外一首）

云挂晴天多变踪，不时豪雨落匆匆。
天途水路多肤色，共赏岛山飞彩虹。

航班取消被困金斯顿留句

沙滩听浪似悠闲，游困天涯小岛边。
百态云团挥不去，随风陪我做茶仙。

注：2017年3月31日，因航班取消，被困于岛国圣文森特和格林纳丁斯之首都金斯敦。该岛国面积389平方公里，人口约11万。

二〇一七年三月

采诗天下

巴巴多斯

加勒比海与大西洋交汇处望远

欲问茫茫何异同,沉沉虚线望朦胧。
汪洋大海和无界,碧浪银波荡有风。
飞鸟翱翔精入水,游鱼穿梭疾腾空。
回眸世态多沟壑,愿似此间真贯通。

注:位于岛国巴巴多斯。该国面积431平方公里,人口28.4万,首都布里奇顿。

二〇一七年三月

格林纳达

海底雕塑公园游记

公园沉海永藏身,远客潜游欲探真。
逐浪追鱼观水彩,浮光掠影步龙尘。

暗礁依旧原生态，雕像添新守护神。
栩栩如真静思远，欲言又止望来人。

注：位于岛国格林纳达，海下有着世界上最大的水下雕塑公园。2006年建成，每个雕像都按照现实人物的形体比例打造，并在陆地上雕刻好之后，再固定到海底。所用材料有利于对珊瑚礁的再生利用。该公园集潜水艺术、游览于一体。该国面积344平方公里，人口10.7万，首都圣乔治。

二〇一七年三月

特立尼达和多巴哥

热带原始森林闲逛记

老藤古树竹更新，异彩花开夏亦春。
百类争鸣蜂鸟秀，精灵极乐爱林神。

注：位于岛国特立尼达和多巴哥，由两个主要大岛特

立尼达岛与多巴哥岛,以及其他小岛组成。整个国家都藏在森林中,繁花异草,是鸟类的天堂。该国面积5128平方公里,人口136万,首都西班牙港。

二〇一七年一月

圣马丁(法、荷)

"飞机剃头"观后

碧浪银滩荡远神,剃头不与发廊人。
轰鸣压顶飙狂落,疾扫人群四海尘。

注:圣马丁岛分别为荷属、法属,86平方公里,约7万人。有一景观,即在机场尽头的沙滩,仰视飞机降落,名曰"飞机剃头"。

二〇一七年四月

第八辑　采诗天下之南美洲篇

采诗天下

南美洲归来梦

十万里兜南美风,归来常梦伴飞鸿。
文明兴落千秋景,客自天涯缘未终。

二〇〇八年六月

哥伦比亚

哥伦比亚古代黄金极品观后

琳琅炫目聚光芒,精品绝伦难有双。
陶醉千秋金美丽,方知毒霸古来狂。

注:哥伦比亚黄金博物馆,为世界上最大。该馆收藏了约3万件公元前20世纪至公元16世纪的印第安人制作的精美金制器物,按不同时期和地区分别陈列。这些金器,精美绝伦,人栩栩如生面部表情生动。有一金器,外面像一个花瓶,认真看又象外星人,其实是古代的毒品吸毒器皿,极其奢靡。

二〇一七年一月

盐洞教堂游记

采挖掘进复年年，山体掏空谁予填。
废弃将留十里洞，创新却展九重天。
圣堂佳景难分界，信众游人易共缘。
万里猎奇惊且叹，人间智慧总时鲜。

注：一个古老盐矿留下的空洞，还能做些什么？哥伦比亚人在此证明了他们是创新大师。有四百多年历史的波帕奎拉盐矿，在废弃的洞穴里，竟被改造和雕刻出奇特且多层的教堂。尤其是由盐和大理石做成的祭坛和雕塑，受到了朝圣者们的欢迎，其非凡的艺术水平，同样受到艺术爱好者以及游客的赞叹！

二〇一七年一月

雨游瓜达维达湖

云沉峰顶罩湖乡，峭壁绿丛风影长。
豪雨倾盆几催步，别惊财宝睡洪荒。

注：瓜达维达湖是传说中的黄金湖，四周群山环绕，一派秀丽的丘陵田园风光。这里是印第安人的圣地，历史上这一地区的印第安部族新王继任，都要履行一个神圣仪式——全身涂上金粉在瓜达维亚圣湖中祭祀，并把成堆的黄金、宝石丢入湖中，作为对所信仰的太阳神的奉献。在我游湖时，一场瓢泼大雨，似乎在驱赶我，别觊觎他们的财宝。

二〇一七年一月

委内瑞拉

安赫尔瀑布

雷鸣迎客半失聪，几度飞身两笑逢。
峭壁流纱晴下雨，阳光闪照彩中虹。
云姑垂辫风流酷，雾谷腾珠雪柱雄。
动静融通天与地，人间方有瀑高峰。

注：位于委内瑞拉东南部的卡奈马国家公园是世界自

然遗产。瀑布众多，其中最有名的安赫尔瀑布，落差1000米，为世界之首。

二〇一七年一月

穿越水帘瀑布

水帘百米洞深奇，狂雨喷淋任闹嘻。
进出不分贫富客，无非各式落汤鸡。

注：卡奈马公园内，河水从桌山的平顶上流下，形成了众多的瀑布，其中一瀑游人可以穿越。

二〇一七年一月

秘鲁

的的喀喀湖之浮岛

天晴风冷月垂钩,天际任我全景收。
蒲草齐心平影浪,云团聚力举方舟。
人家代代安居乐,鱼鸟生生陪伴愁。
岁月飘浮遂人愿,今朝闲逛八幽洲。

注:该湖位于秘鲁和玻利维亚两国交界的高原上,是南美洲海拔最高、面积最大、可通航的淡水湖。有一奇观即浮岛,全靠一米左右的蒲草根系维持飘浮,承载着5000余印第安人以打鱼为主的生活。浮岛上有学校、教堂、商店、小邮局等。因其奇特,加之我曾有诗句:"百邦踏遍春知老,何处幽藏第八洲?"所以我称之为天下"八幽洲"。

二〇一六年十二月

马丘比丘（二首）

之一

穿山越岭上高峰，一展宏姿古韵浓。
祭殿梯田共城堡，印加文化显恢弘。

之二

远收雪景近依峰，石块垒城攀九重。
立柱难圆拴日梦，却呈天象示耕农。

注：世界新的七大奇迹之一。印加人于1440年左右建立的，海拔2400米，已毁。遗址中，在高山之巅立有一块呈"凸"型巨石，即"拴日石"。他们崇拜太阳，总担心西下不复回，希望拴住它。"拴日石"还用于观天象，通过石柱影子变化来区分季节，安排播种和收获。

二〇〇八年六月

科斯科古城之夜（外一首）

雪峰引退让灯星，祭殿教堂归冷清。
山上耶稣云中月，天人石刻两光明。

注：位于海拔3410米的安第斯山脉的山谷，是秘鲁南部著名古城，古印加帝国首都，世界文化遗产。入夜，山头上的灯光雕塑与月亮齐辉。

古军事要塞

巨石层堆一座山，金汤要塞剩遗观。
夕阳一脸当年血，又送游人尽兴欢。

二〇〇八年六月

地 画

漠原当纸大无边，无数线条勾巨篇。
虫鸟图形寓何义，八方问号洒蓝天。

注：位于首都利马南部300多公里处，众多散布在沙质地表上的巨大几何图形和动物图案，像谜一样展现。需乘小飞机观看。

二〇〇八年六月

厄瓜多尔

赤道纪念碑游记

全世界从赤道穿过的国家有十多个，各有标志。但最著名的要数厄瓜多尔首都基多的纪念碑，建于1744年，是世界文化遗产。碑高10米左右，通体用赭红色花岗岩建成，造型呈方柱形，四周刻有E.S.O.N.四个表示东、西、南、北的西班牙字母。碑身上刻有"这里是地球的中心"字样，碑顶则是一个大型石刻地球仪。每年3月21日和9月23日，太阳从赤道线上经过，直射赤道，全球昼夜相等。这时，厄瓜多尔人就要在此举行盛大的活动，感谢阳光的温暖和光明。诗云：

地球南北我来分，赤线穿身无影痕。
雨洗石碑同冷热，迎来送往夏如春。

二〇一七年元月

加拉帕戈斯群岛游记

　　该群岛，位于距离厄瓜多尔海岸近1000公里的太平洋中，世界自然遗产。因寒暖气流交汇，气候特殊，呈现出寒、热带动物共存的奇特景象，既有冰雪世界的企鹅也有热带的大蜥蜴，同时又有古老巨龟。群岛是信天翁、鹈鹕等上百种鸟类的乐园，也是海狮、海豹、海獭等海洋动物生的天堂，还是高低等植物并存共生的佳境，所以被称为活的生物进化博物馆。英国学者达尔文1835年秋天到此深入考察，促使他提出了"适者生存"的观点，进而提出了生物进化论。1959年，在此建立了达尔文生物考察站。诗云：

群岛如珠漂浪中，古今一链各神通。
椰林羊齿高低配，火鸟企鹅冷热同。
沙浪留银天近地，火岩染墨古随风。

达翁灵感源深处,万类进程仍未穷。

二〇一七年元月

圣克鲁斯岛海滩

收下大洋千里穹,茫茫无际目清空。
白沙熠熠银铺毯,碧浪腾腾雪滚龙。
绿树鹈鹕梳动羽,黑礁蜥蜴练呆功。
八方枪炮欣然动,但见横行蟹艳红。

注:圣克鲁斯岛是加拉帕戈斯群岛之一,这里有着世界最美的海滩,而且极富特色。

二〇一七年元月

寿龟天堂

漫山何处不爬龟,不意缩头家已回。
霸道拦车趣生景,一方王者爱呈威。

注：加拉帕戈斯群岛有一山坡陆龟集聚，其寿命可达200年。雨天喜欢爬上公路，车辆也只能让或等，或用食物引走，不得驱赶。该国法律规定，人直接触摸陆龟，属于违法行为，真是寿龟天堂啊。

二〇一七年元月

百年仙人掌咏

重洋躲避远人间，石缝长生本是仙。
无叶万丛枯雨日，百年大掌自撑天。

注：加拉帕戈斯群岛的圣克鲁斯岛，到处是千姿百态的仙人掌树，高大挺拔，枝叶繁茂，百岁乃至五百岁的仙人掌，比比皆是。

二〇一七年元月

露天龙虾宴

灯下长街桌接龙,八方语境碰杯盅。
风飘烤味香招浪,无数圆盘堆艳红。

二〇一七年元月

玻利维亚

天空之镜——乌尤尼盐湖

烈日难溶千古盐,岛山火掌有呢喃。
沉浮镜面独勾画,上下天穹全倒帆。
放胆驰骋白是路,赶潮精雕料非岩。
流连不意高原醉,霞染一身咸味衫。

注:玻利维亚的乌尤尼盐湖,海拔3600多米,面积9065平方公里,为世界最大的盐层覆盖的荒原。干涸部分布满小面积(近一平方米)的多边形;有水部分,照天透地,别具风光。盐湖中有一火山岛,布满巨型仙人掌,宛如森林,

小鸟呢喃。

二〇一六年十二月

蒂瓦纳科印第安古文化遗址诗记

一方墟野叹辉隆，金字塔魂飘与风。
巨石堆城谁举力，残坪毁殿孰争功。
太阳门敞孤求影，雕像神伤独占空。
一代文明终与始，波光远荡挂谜虹。

注：蒂瓦纳科在古印第安语中是"创世中心"之意，位于玻利维亚境内"的的喀喀湖"南岸20公里处。古拉丁美洲印第安王国的首都，精神、文化及政治中心。公元5世纪至9世纪，由巨石砌城。现存主要有城墙、太阳门、金字塔、神庙等遗址，至于缘何毁灭则是千古之谜。

二〇一六年十二月

巴拉圭

巴拉那河畔回眸

巴拉圭南部的城市恩卡纳西翁,是世界文化遗产特立尼达耶稣会传教区所在地。该市与阿根廷的波萨达斯市隔河(巴拉那河)相望,有大桥相连。十年前,我在阿根廷旅游时,经过波萨达斯市的桥头时,导游告知对面就是巴拉圭恩卡纳西翁市,因为办不了签证,只好望桥兴叹。十年后,我来到巴拉圭恩卡纳西翁市,日游世界文化遗产,夜宿巴拉那河畔,回眸当年在对岸桥头一声兴叹,虽然十年过去了,但我还是来了,此诗为证:

草木青春护古墙,河边夕照染沙黄。
十年一叹回眸笑,励志征程已四方。

二〇一六年十二月

采诗天下

巴拉圭河畔即景

晴雨轮番自上场,无妨百态健身忙。
沙黄草绿多肤色,热力如波追大洋。

注:巴拉圭是南美比较穷的国家,但老百姓健身的场面给我印象深刻。

二〇一六年十二月

圭亚那

热带雨林泛舟

纵横交错闯河沟,不意舷边鳄冒头。
滴翠丛林风爽快,流光倒影画清幽。
猴藏叶后追长浪,鱼上枝丫试短钩。
几雨倾盆欲消景,无妨笑语满轻舟。

注:圭亚那,面积21万平方公里,人口约76万。因

其热带雨林风光称著于世。

二○一七年一月

凯尔图尔瀑布

云轻雾重锁隆隆，恨不飞身脚未从。
一阵长风惊浩荡，垂腾千尺亦当雄。

注：位于圭内地热带原始森林深处，宽106米，是世界上单级瀑布宽度之冠。单级瀑布落差226米，世界最大，比尼亚加拉瀑布高五倍。

二○一七年一月

|采|诗|天|下|

苏里南

苏里南印象

穹林立国一春融,藏翠人家花艳丛。
极目分明蓝白绿,清新如约乘来风。

注:位于南美洲北部,无论面积(约16万平方公里)还是人口(约55万人)排名,都是南美洲最小的一个国家。该国约90%的面积是森林,履盖率列世界前茅。在这里,似乎只有三色,即蓝天、白云、绿树。

二〇一七年一月

老城吟

小国中心旧貌城,多元风格已无争。
满街店铺琳琅秀,汉字招牌比纵横。

注:首都市中心的老城仍然保持着旧时的创意,建筑

中混合了荷兰、德国、法国和后来美国的特色。但大多店铺都有中文招牌,卖中国商品。

二〇一七年一月

纪念碑观后感

抱怀梦想渡重洋,血汗天涯苦力场。
几代人生拼出路,立碑见证子孙强。

注:苏里南公园里有一块 2008 年立的纪念碑,碑文表明中国人早在 1853 年就来到苏里南创业生根。独立后有华裔任总统。

二〇一七年一月

采诗天下

法属圭亚那（地区）

库鲁欧洲航天发射中心留句

威名挂在绿林丛，赤道逢源天地通。
盛境精灵藏美梦，惊雷烈焰贯长虹。
旗杆列队国飘色，模箭孤身鸟越空。
傲气已收迎客至，只因浩宇起东风。

注：法属，面积8万多平方公里。其热带森林成了飞禽走兽的天堂。让这里闻名于世的是1971年建成的欧洲航天发射中心。联想到我国航天事业，突破西方封锁，取得辉煌的成就，百感交集，诗为记。

二〇一七年元月

巴西

巴西耶稣像即景

登峰展臂欲拦灾，俯视苍生远道来。
神主原来住天上，凡心忧雨盼云开。

注：世界新的七大奇迹之一，参观时乌云密布。

二〇〇八年五月

伊瓜苏瀑布

云岸崩坍海下山，天流无羁虐深湾。
雷鸣共震纷纷雨，惶恐如临末日关。

注：伊瓜苏瀑布位于巴西和阿根廷交界，世界自然遗产，世界三大瀑布之一，也是世界上最宽的瀑布。该瀑呈马蹄形，高82米，宽4000米，平均落差75米。

二〇〇八年五月

智利

复活节岛

汪洋挂幕远星疏,万里随风住小屋。
八面轰鸣千古浪,天涯深处品孤独。

注:位于南太平洋深处,是世界上与世隔绝的岛屿之一。

二〇〇八年六月

巨人石像(外一首)

背起波涛站岛边,子孙衰盛望千年。
无心留下无穷宝,不忘汪洋一火山。

石人像雕刻工场

巨石采开徒手奇,一心雕刻寄哀思。
半途而废缘何故,东倒西歪一片谜。

注:几排立于大洋岸边、背朝大洋的巨大石像,如何从远山运来、立起,其作用,以及采石雕刻场为何一夜之间又停工等已成为永远的谜。

二〇〇八年六月

阿根廷

夜宿阿根廷湖畔

野花窗外瘦孤荣,咫尺清波落雪峰。
静夜睡深无梦境,醒来远望雾朦胧。

二〇一一年十一月

再游大冰川

壮观未改蓝光美，弯拱雄姿已塌崩。
你在消融我追老，虽曾见面却疏生。

注：因去南极旅程安排，再次前往大冰川游览。

二〇一一年十一月

路过偶成

指处方知岛大名，似闻海战炮狂声。
硝烟已远鱼群静，未了风波总不平。

注：在阿根廷乘船出海游览，导游曾指着远方一处岛屿告知：那就是我们的马尔维纳斯群岛。听者忽来灵感，留诗一首。

二〇一一年十一月

探戈舞发源地参观记

旧港新楼艳彩排,探戈再现露天台。
海员浪女消愁舞,不意飞花四海开。

注:位于阿根廷首都布宜诺斯艾利斯的港口地区。

二〇〇八年六月

莫雷诺大冰川(三首)

之一:冰湖泛舟

围绕冰川逛几时,花红树绿插枯枝。
满船游客无闲手,大炮傻瓜自构思。

之二:冰城

远望平川滚雪龙,近观万韧指苍穹。
泛舟欲近皆无奈,十万浮冰守玉城。

之三：冰崩

阳光普照万尖峰，淡绿浅蓝透异同。
孤鸟缘何惊展翅，深渊又爆裂冰融。

注：位于阿根廷南部卡拉法特市，世界三大冰川之一，乘船从湖上仰望，高耸挺立，延绵无限，极为壮观。

二〇〇八年六月

火地岛

地尽天南漂火岛，夏留雪顶罩岩峰。
红狐黑兔湖边影，一派生机备冷冬。

注：位于南美洲的最南端，首府乌斯怀亚是个只有3万人口的城市。每到南半球的夏天，这里则是旅游旺季。而岛上的野生动物从夏季开始，就要储存食物，以备严寒。

二〇〇八年六月

世界公路之尽头

万里车途到尽头，汪洋惊叹笑抛愁。
前方已展余生路，南极征程上苦舟。

注：位于世界上最南端的城市乌斯怀亚（南纬54°47′，西经68°20′）。与直抵阿拉斯加的泛美公路相连接的阿根廷国家3号公路延伸到这里。因此可以说，3号公路的终点，也就是公路交通的南端尽头，前面就是大西洋了。

二〇〇八年六月

世界尽头的火车

蒸汽机车山谷行，雪峰列队送和迎。
可知轨道天涯路，曾是苦囚来去程。

注：在世界上最南端的城市乌斯怀亚，坐一坐"世界尽头的火车"，另有一番感觉。它是一个世纪前，被流放的囚犯们运送建筑材料的火车，如今已被改造成历史游览线路。

二〇〇八年六月

|采|诗|天|下|

乌斯怀亚海湾

雪峰百里护南湾,来往巨轮天地宽。
海狗银鸥共夕阳,双洋聚汇冷波欢。

注:世界最南端的城市乌斯怀亚,即是"美丽的海湾"之意,面对比格尔海峡,是太平洋和大西洋的分界线。由此起航,越过德雷克海峡,两三天便可到达南极洲。

二〇〇八年六月

乌拉圭

白宫落日

大师远去海留风,竹笔无声画彩空。
偏撒金光三万里,白宫落日本非红。

注:乌拉圭绘画大师卡鲁斯建造的造型奇特的房子,

依山傍海，一统白色，现称为白宫艺术博物馆。

二〇一六年十二月

科洛尼亚·德尔萨克拉门托古镇游记

数百年来懒换装，两牙风貌洽同框。
曲街旧石磨青亮，灯塔新装耀白光。
残堡横排斑锈炮，孤墙空守斗牛场。
欲寻总督宫何在，但见港湾帆歇扬。

注：该镇系世界文化遗产。葡萄牙人在1680年建于拉普拉塔河上，在抵御西班牙人方面有很大的战略重要性。但是经过百年争夺，终究被遗弃了。也因此，许多都市景观得以保存，如葡萄牙式、西班牙式等建筑风格融汇一体。

二〇一六年十二月

|采|诗|天|下|

溺水者纪念碑

金色沙滩五指峰，危身求救似沉踪。
人们争影追欢处，不忘波洋浪百凶。

注：此碑系乌拉圭标志性雕塑之一，位于埃斯特角海滨。雕塑的外形是五根手指伸出在沙滩上，因为雕塑高大，就像沙滩上隆起"五指峰"。以此来警告游泳者，此处风大浪险。

二〇一六年十二月

无 题

大洋小国外来资，高处悬名正走时。
彼岸楼盘封顶日，正装老板半登基。

注：汽车经过一片在建并才封顶的楼盘，其中一高楼高悬老板大名，原来是某大国候任总统名。

二〇一六年十二月

附录：

皮特凯恩岛游记
——世界上最难到达的地区之一

（上）

南太平洋皮特凯恩群岛，由皮特凯恩岛以及亨德森、迪西和奥埃诺三个无人岛屿组成，属英国的海外领地。该岛面积47平方公里，居民进进出出，现有五十多人。它是当今世界230多个国家和地区中最难到达的地方之一，却是旅游热点地区。从北京出发，如果顺利的话，飞行15000多公里，三次转机，至少三天才能到达最靠近它的属于甘比尔群岛的托特吉岛机场。机场跑道沿海边建设，"航站楼"只有一百多平方米，百号人集中在房子里等待行李，就站得满满的。行李从飞机上人工搬过来，大家认领。各国来的人都分别接走，我们的地接是位中年女士，把客人带上小渡船（可坐五六十人），驶往码头曼加雷瓦岛。坐在我边上的一位美国老人，说他85岁了，心血管两处搭桥，十分健谈，十分乐观，值得学习。近一个小时后，到达码头，我们下船前往位于曼加雷瓦岛的里基提亚小镇，这是甘比尔群岛的行政中心，依山面洋，居民500多人。在此办理完前往皮特凯恩岛的手续，才可以乘小船登上开往皮特凯恩岛的货轮。令人惊讶的是如此天涯偏僻处，居然有一对来自中国的夫妻养殖海产，还在小街上开了一家店铺，因为时间短促，聊几句就离开了。回到码头，乘上可以坐六七人的小舟，前往停在深水区的轮船，又是半小时。

轮船是红色的，格外耀眼。小舟靠近轮船，船边一张挂梯，有两层楼那么高，先吊行李，再上人。人是这样上去的，背挂吊绳，双手顺着晃动的挂梯，一步一步往上爬，下面有人推，上面有人吊，不是太费劲。即使踩空了，背后有钩挂拉着。与我们同行的还有两位英国人，他们是才认识的搭档，其中一位是个大胖子，走路很不利索，要人帮忙，依然探游，真不简单啊！

这是一艘货客两用船，运货为主，可搭乘12名客人。客人有专用餐厅，房间里放两张床，有比较齐全的卫生间。当地时间，下午6点左右开船，我们吃了船餐，有大米饭、意大面，以及牛肉、虾、素菜等。饭后，船方开个小会，主要是安全问题，如有警报时在哪集中、不准抽烟、不要乱跑等。接着就是三天两夜近40个小时的航行，停泊在可以看到皮特凯恩岛的深海区，再沿着挂梯战战兢兢地下到动荡的小船上，十几分钟颠簸后到达彼岸。

附录：皮特凯恩岛游记

这一段海路，对不晕船的人来说，不是大事，捞个睡觉时间。我在太平洋深处的大风浪中，没有晕船，太高兴了，太幸运了，感恩上天，感恩父母！但是，对会晕船的人来说，那是绝对的折磨，有的一吐再吐，天昏地暗，夜以继日地难受，太平洋太有脾气了。上了泊岸，迎面是"皮特凯恩岛"几个英文大字，这是国门，岛主人早已等在那里，给我们戴上海螺项链，十分热情地欢迎我们。我心里则喊着：皮特凯恩岛，我来了！下面这首七律，当然是幸运者写的：

前往皮尔凯恩岛途中有记

一方神秘亮黄昏，故事流长史刻痕。
万里穿云何觅处，三天劈浪始逢村。
主人泊岸迎新客，住屋高坡敞旧门。
山路泥泞豪放雨，而今了愿感时恩。

（中）

这是一个有故事的小岛。1790年1月15日，英国海军"邦蒂"号9名哗变官兵和18名塔希提岛居民，驾船躲藏此岛并定居，事后又把战船炸沉入洋。沉船地点离岸边不远，有铁锚、大炮、炮弹等打捞上来，已在岛上的博物馆展出。据说船身已经腐烂，估计永无天日了。现场看去，白浪滔滔，仅此而已。20世纪60年代，美国以此为背景拍摄了题为《"邦蒂"号暴动者》的影片，并获奥斯卡奖。此后皮特凯恩岛成了外国人的旅游胜地，中国人来的不多，连我们这一批，才二十六七人。当年，英国海军哗变士兵，从一沙滩登陆，爬上一座悬崖。悬崖无语，海浪有声。这座悬崖顶现在嵌有一个小小的圆形铜牌，那是军事测量基准点。

这些士兵登岛后，躲在一个岩洞里，岩洞是由坍塌的巨石形成的隙缝，顶部是巨石，巨石下空间，洞口是敞开式，有十几米宽，高度只有一米左右，面积有二三十平方米。人要弯腰才能进去。岩洞的中间立有一块大石头，石头后又隔出一个小空间，有七八平方米，我们戏称"小套间"。岩洞边上有一条自上而下的溪沟，下雨时有淡水流下，下方筑个小池，即可蓄水。用我们的话说，是个风水宝地。此后，这几位士兵还衍生出许多故事，虚虚实实，我也讲不清楚了。反正现在岛上的人们绝大多数都是他们的后代，至少还保留着一座老祖宗士兵的坟墓，也成为参观的景点了。

我们居处的后面，是一座山峰，朝向大洋的一面是二三百米高的峭壁。在峭壁上部有两个石洞，一大一小，当地人称为基督洞，因峭壁坍塌而成，洞深

附录：皮特凯恩岛游记

三四米左右，据说这是当年的瞭望哨。该洞在一座峭壁上，陡峭的上坡，无路可行，完全靠手脚攀爬。小草丛又密又滑，如不小心，就有可能滚滑下去掉进大洋边的礁石丛中，这不是吓人的话。加上海风大，爬山时的情景是很恐怖的。我们在离洞口二三十米的一块大岩石上停下来，因为前面有一道坎，三四米长，只有半米宽，两侧都是悬崖，大风越来越猛烈，为安全起见不上去了，就地拍照。带路的女房东，已经六十多岁，敏捷地通过险坎，上去了，我们也有两位旅友跟着上去了，据说是成为爬上此山洞的第二、第三位中国人，以前还有一位旅友上去过。

岛上还有一景，运气好路过可见。我们相遇了，那是一只大乌龟，约一米长，一百来斤重，应该算高寿了。至于其来历没人说得清楚，只有孤身一只，房东带去的木瓜，它开头不敢吃，后来看我们并无敌意，就大胆吃起来。

大洋边，礁岩壁立，波涛冲卷。但在相对平静的海湾里，鱼群显现，自由自在。不管你会不会钓鱼，只要把有鱼饵的线钩甩出去，不久就有鱼上钩，拖上来，就是一条大鱼。我不会钓鱼，也钓到三条鱼，每条八九两。钓到后来，把金昌鱼也引来了。当地导游赶紧下钩，不过金昌鱼毕竟名贵，也狡猾，不易钓。

看了以上游记，不难理解以下七律了。正是：

皮特凯恩岛游记

追寻上下入诗文，岩缝栖居落魄魂。
登陆悬崖留印记，沉船海底盼天尊。
洞生双眼观洋景，龟守单身缩草墩。
但见鱼群多彩动，我抛饵线钓乾坤。

（下）

皮特凯恩岛以它独特的风光和历史故事，很早就吸引着我，几回下决心，这次终于到达码头，而且是没有晕船，愉快地来了。天意无常，竟在无边无际的太平洋深处，浮起此岛此山，而且雨量丰沛，鲜果累累，百花怒放。全岛十几户人家的房子，分散在山间的密林里，彩色的屋顶点缀在树海中，既醒目又和谐。初来乍到，即写下七绝一首：

皮特凯恩岛偶成

突兀波洋几座峰，民居散落艳花丛。
奇观史迹交融处，百事随风浪万重。

在皮特凯恩岛西头,有一座礁石小山,离岛岸不远,因为无路前往,难以靠近。我乘小船驰近码头时,就注意到小山上独立着一棵树,拍下照片;上岛游玩过程中,仍然被这棵树吸引,拉近镜头,又拍下照片;离开该岛时,再次关注到这棵树,再次留下照片。我总觉它象征着一种精神,那是不屈不挠的精神,诗以赞之。正是:

天涯孤树

离岛礁岩自立峰,高耸独树见威雄。

长风巨浪皆无奈,更显春光绿一丛。

皮特凯恩岛游,还有一个特点,就是吃住自主。接待房东把我们送到住地,一栋一百多平方米的住房就交给我们了。住房内有四个卧室,单间、双人间都有,如何住由客人自主决定;客厅跟餐厅相连,占了整幢房子的一半;另有单独浴室,以及两个卫生间;厨房里设备俱全,锅碗瓢盆以及刀叉等一样不缺;冰箱里装满鸡蛋、面包、牛奶,桌上有调料,房东还每天送来荤菜如金昌鱼、猪肉等以及自己种的新鲜蔬菜。也就是说,万事俱备,只欠东风,要有人掌勺啊。我们团组很幸运,旅友福姐烧得一手好菜,一日三餐全由她主厨，我们都十分感谢！

最后一顿晚餐，房东夫妇带着儿子、孙女，以及葡萄酒、炸鱼块、沙拉等，与我们共进晚餐，我们则端上清蒸海鱼、洋葱炒肉丝、炒土豆丝等。中西厨艺，不同风味，主人、客人各取所需，一片赞扬。诗云：

天涯聚餐

星光云彩望洋宽，主客相邀喜聚餐。
厨艺难分各风味，天涯一席举杯欢。

皮特凯恩岛，有一条不成文的礼俗，客人的轮船到了，当小驳船把客人接到码头时，全岛50多人全部到场迎接，十分热情，然后根据安排分别接走；离别时，也是空岛相送，先是旅客和全岛居民合影，然后是各接待家庭主要成员与游客，或拥抱或握手告别。驳船离开码头时，一片告别声，大家挥手致意，场面感人。诗云：

天涯送别

摩托粘泥聚码头，主人空岛影中留。
一波远客欢心去，送别依依浪卷愁。

后　记

2021年12月《采诗天下》发稿，准备出版，感触良多。本来是想跑完世界三极和所有国家和地区，再来做的一件大事，现在在没有如意完成的情况下，提前做了，因为新冠肺炎疫情尚未结束，时不我待！好在已经跑了200多个国家和地区，并写下了近千首诗稿，多数选入本诗集，对自己也算交代得过去了。另外，诗集中还选用了照片，除第一张系孙伟先生拍摄外，其余为本人的作品。

这是不平常的一年，对我们家庭来说却具有特别的意义。我和夫人吕爱勤，在子女、孙辈的祝福中，度过了我们五十周年的金婚纪念日，《采诗天下》就是最美好的礼物之一！

诗集编辑出版的过程中，朋友、诗友、旅友给予了极大的支持。封面设计中采用的作者照片系由旅友孙颖男先生在塞舌尔拍摄的；中国书籍出版社语言文化编辑部主任朱琳女士，全过程给予协调；还有苏州的朋友，有的关心出版，有的关心发行，有的帮助查证生僻诗韵，有的帮助计算机制作等等，不一而足。

在此，再次说一声：谢谢了！

跨进 2022 年夏天，经过一系列常规程序，以及克服新冠肺炎疫情造成的困难，终于迎来了诗集的正式出版。欣喜之余，诗为记：

题《采诗天下》
廿载洲洋风雨行，诗融碎忆展游程。
高低广远今朝醉，听我心田蛙鼓鸣。

限于本人水平和眼界，本诗集难免存在不妥和疏漏之处，恳请方家和读者批评、指正。

萧宜美
2021 年 12 月 15 日稿
2022 年 3 月 10 日改稿
2022 年 6 月 19 日定稿
于苏州工业园区金鸡湖畔